KB118544

고독한 산책자의 몽상

이 도서의 국립중앙도서관 출판예정도서목록(CIP)은 서지정보유통지원시스템 홈페이지(http://seoji.nl.go.kr)와
국가자료공동목록시스템(http://www.nl.go.kr/kolisnet)에서 이용하실 수 있습니다.
(CIP제어번호: CIP2015015350)

세계문학전집
137

Jean-Jacques Rousseau : Les Rêveries du promeneur solitaire

고독한 산책자의 몽상

장자크 루소 지음
문경자 옮김

문학동네

일러두기

1. 번역 대본으로는 *Les Rêveries du promeneur solitaire*(Jean-Jacques Rousseau, Gallimard folio classique, 2010)를 사용했다.
2. 주석은 모두 옮긴이주이다.
3. 본문 중 고딕체는 원서에서 이탤릭체로 강조한 부분이다.

차례

첫번째 산책

마침내 나는 이제 이 세상에서 나 자신 말고는 형제도, 이웃도, 친구도, 교제할 사람도 없는 외톨이가 되었다. 인간들 중에서도 가장 사교적이고 정이 많은 내가 만장일치로 인간 사회에서 쫓겨난 것이다. 그들은 나를 극도로 증오하며 내 예민한 영혼에 어떤 고통이 가장 잔혹할지를 궁리했고, 나와 그들을 묶고 있던 모든 끈을 난폭하게 끊어버렸다. 사람들이야 어떻든 나는 그들을 사랑했을 텐데. 그들은 인간이기를 포기할 때에만 내 애정에서 벗어날 수 있었다. 그리하여 이제 그들은 내게 이질적이고 낯선 사람, 결국은 아무것도 아닌 것이 되어버렸는데, 이는 그들이 원했기 때문이다. 그렇지만 그들에게서, 또 모든 것에서 떨어져나온 나, 나 자신은 무엇인가? 바로 이것이 내게 남겨진 탐구의 주제다. 불행히도 이 탐구에 앞서 내 처지를 간략히 살펴봐야 한다. 이는 저들을 떠나 내게 도달하기 위해 내가 반드시 거쳐야 할 생각이다.

내가 이런 이상한 상황에 놓인 지는 십오 년도 더 되었지만, 아직도 내게는 꿈만 같다. 나는 언제나 내가 소화불량에 시달리고, 잠을 잘 못 이루는 거라고, 곧 깨어나 친구들과 함께 있으면서 위로를 받게 될 거라고 상상한다. 그렇다, 나는 아마도 나도 모르게 깨어 있는 상태에서 수면 상태로, 아니 더 정확히 말해 삶에서 죽음으로 건너뛴 것이 분명하다. 어찌된 영문인지도 모르는 채 사물의 질서 밖으로 끌려나온 나는 아무것도 보이지 않고 이해할 수도 없는 혼돈에 내던져졌으며, 현재의 내 처지를 생각하면 할수록 지금 내가 어디 있는지 점점 더 이해할 수가 없다.

대체! 나를 기다리고 있던 운명을 내가 어찌 짐작이나 할 수 있었겠는가? 이미 운명에 내맡겨진 지금, 나는 과연 그 운명을 이해할 수 있는가? 예전의 나와 다를 바 없는 나, 지금도 여전히 그러한 내가 언젠가 재판을 받고 일말의 의심도 없이 괴물, 풍속을 해친 자, 암살자로 여겨지리라고, 인류가 끔찍해하는 대상, 하찮은 이들의 조롱거리가 되리라고, 지나가는 사람들이 나에게 인사를 건네는 대신 침을 뱉게 되리라고, 한 세대가 모두 만장일치로 나를 생매장하고 재미있어하리라고 내 상식으로 상상이나 할 수 있었겠는가? 이처럼 기이한 격변이 일어났을 때, 불시에 그 일을 당한 나는 우선 매우 당황했다. 흥분과 분노로 인해 나는 진정시키는 데 십 년은 족히 걸린 착란 상태에 빠져버렸고, 그러는 동안 오류에 오류를 거듭하고 잘못과 어리석은 행동을 반복하며 부주의하게도 내 운명을 이끌어가는 자들에게 수많은 수단을 제공했으며, 그들은 그 수단을 교묘하게 사용해 내 운명을 돌이킬 수 없게 만들어버렸다.

오랫동안 격렬하게 발버둥쳐보았지만 헛일이었다. 교활하지도 않고 기교도 못 부리고 엉큼하지도 용의주도하지도 못하며, 솔직하고 개방적이며 참을성이 없고 성마른 나는 그렇게 몸부림치는 와중에 스스로를 더욱더 옭아맨 탓에 그들이 놓치지 않으려 노심초사한 새로운 트집거리를 제공했을 뿐이다. 마침내 내 모든 노력이 쓸모없다는 걸 깨닫고 공연히 나 자신을 괴롭히던 나는, 내게 남은 유일한 결심을 취하게 되었다. 더이상 필연에 저항하지 않고 내 운명에 순종하리라. 이렇게 체념하자 그것이 내게 주는 평온함을 통해 내 모든 불행에 대한 보상을 발견하게 되었다. 그 평온은 헛되고도 고통스러운 저항을 계속하는 일과는 양립할 수 없었다.

이러한 평온에 보탬이 된 것이 한 가지 더 있다. 나를 박해하던 자들은 증오심을 온갖 수단으로 표출하면서도, 그들이 가진 적대감 때문에 정작 한 가지를 놓치고 말았다. 그들이 적대 효과의 강도를 점진적으로 높여감으로써 내게 언제나 새로운 타격을 입혀 고통을 지속시키고 되살아나게 할 수 있었다는 사실을. 만약 그들이 내게 희망의 빛을 조금이라도 남겨두는 간계를 부릴 줄 알았더라면, 지금도 거기에 나를 묶어두었을 것이다. 가짜 미끼로 나를 또다시 그들의 조롱거리로 만들고, 이어서 내 기대가 좌절되면 나를 새로운 고통으로 영원히 상처 입힐 수 있었을 것이다. 그러나 그들은 쓸 수 있는 방책을 미리 다 써버렸다. 내게 아무것도 남겨놓지 않음으로써 그들 자신도 모든 것을 잃은 것이다. 그들은 내게 비방, 경멸, 조롱, 수치를 가득 퍼부었지만 그것들은 이제 누그러질 수도 더 증대될 수도 없을 것이다. 우리는 똑같이 무능력해져, 그들은 그것들을 더 악화시킬 수 없고 나는 거기서 빠져나올 수 없다. 그들은 몹시도 서둘러 나를 가장 불행한 상태로 몰아갔기에, 지옥에서나 나올 법한 온갖 책략을 전수받은 인간의 능력으로도 더이상 덧붙일 게 없었다. 육체적인 고통마저 내 고통을 배가하기보다는 오히려 잠시 잊게 해줄 것이다. 그 고통은 내게서 비명을 끌어낼지언정 탄식하게 만들지는 못할 것이며, 내 몸의 괴로움은 마음의 고통을 멈추게 해줄 것이다.

이제 다 끝나버렸는데 아직도 내가 그들을 두려워하겠는가? 더이상 내 상태를 악화시킬 수 없으니 공포심을 불러일으킬 수도 없을 것이다. 그들은 나를 불안과 두려움이라는 고통에서 영원히 벗어날 수 있게 해주었다. 이는 언제나 하나의 위안이 된다. 현실의 고통은 내게 별다른 영향을 미치지 못한다. 그래서 나는 현재 겪고 있는 고통은 쉽게 감수하지만, 닥쳐올지도 모르는 고통은 두렵다. 겁에 질린 내 상상력은 닥쳐올 고통을 이리저리 배합하고 뒤집어놓고 또 펼쳐보며 점점 부풀린다. 고통을 예상하는 일이 눈앞의 고통보다 백배는 더 나를 괴롭히며, 그 충격 자체보다 위협이 내게는 더 끔찍하다. 고통을 겪자마자 실제 고통이 상상을 모두 없애 본래의 제 크기로 돌려놓는다. 그러면 나는 상상했던 것보다 고통을 훨씬 약하게 느끼고, 고통의 한가운데 있을 때조차 위안을 받는다. 새로운 두려움을 모두 극복하고 희망이 주는 불안에서도 벗어난 상태에서, 더이상 악화될 수 없는 처지를 하루하루 더 잘 견뎌내려면 거기에 익숙해지는 것만으로 충분할 테니, 이런 상태가 오래 지속되어 감정이 무뎌진 탓에 그들이 고통을 되살려놓을 방도도 이젠 없어졌다. 바로 이것이 나를 박해하는 자들이 적대감으로 아무 대책 없이 온갖 독설을 쏟아냄으로써 오히려 내게 베풀게 된 선행이다. 그들은 나에 대한 지배력을 모두 잃었고, 나는 이제 그들을 비웃을 수 있다.

온전한 평온이 내 마음속에 자리잡은 지는 채 두 달도 되지 않는다. 아무것도 두려워하지 않게 된 지는 오래되었어도 여전히 희망은 품고 있었다. 때로는 품었다가 때로는 빼앗기기도 했던 그 희망은 나를 계속 수천 가지 정념에 휘둘리게 하고 제멋대로 좌지우지하는 일종의 힘이었다. 그러다 마침내 예기치 못한 슬픈 사건이 일어나 내 마음속에서 한줄기 희망의 빛을 지워버리고, 이승에서는 영원히 되돌릴 수 없게 된 내 운명을 직시하게 만들었다. 그때 이후로 나는 망설임 없이 체념하고 마음의 평화를 되찾았다.

음모의 전모가 파악되면서 나는 살아생전 세상 사람들을 내 편으로 되돌려놓겠다는 생각을 영원히 버렸다. 게다가 그런 되돌림이 이제는 상호적일 수 없으니 내게는 아무 쓸모가 없을 것이다. 사람들이 돌아온다 해도 다시는 예전의 나를 찾아볼 수 없을 테니 헛일일 것이다. 그들이 불러일으킨 경멸을 품은 채 그들과 교류하는 일은 내게 따분하다 못해 짐스러운 일이 될 것이며, 지금 나는 그들과 함께 살 때보다 고독 속에서 백배는 더 행복하다. 그들은 사교가 주는 온갖 즐거움을 내 마음에서 뿌리째 뽑아버렸다. 내 나이에 그 즐거움을 다시 싹틔우는 것은 이제 불가능하리라. 너무 늦었다. 이후로는 그들이 내게 잘해주든 해를 끼치든 상관없으며, 또 그들이 무엇을 하든 나와 동시대를 사는 사람들은 나한테 아무것도 아닐 것이다.

그러나 나는 여전히 미래에 기대를 걸고 있었으니, 더 나은 세대가 나에 대한 현세대의 판단과 내게 취한 행동을 충분히 검토한 뒤, 이를 주도한 사람들의 계략을 쉽게 분간해내어 마침내 있는 그대로의 내 모습을 봐주기를 희망했다. 내가 『대화』*를 쓰고, 그 책을 후대에 전하기 위해 숱한 어리석은 시도를 궁리한 이유가 바로 이 희망 때문이다. 비록 멀리 있었지만 이 희망은 내가 아직 올바른 마음을 가진 사람을 이 시대에서 찾던 때**와 똑같은 흥분 속에 내 영혼을 붙잡아두었고, 또한 내가 헛되이 먼 미래에 던져두었던 희망은 나를 이 시대 사람들의 조롱거리로 만들었다. 나는 『대화』에서 이 기대의 근거가 무엇인지를 말한 바 있다. 내 생각이 잘못되었다. 다행히도 늦지 않게 깨달아 내 마지막 시간이 오기 전에 온전한 평온과 절대적인 휴식의 시간을 잠깐이나마 가질 수 있었다. 그 시간은 내가 지금 말하는 그 시기에 시작되었고, 그 시간이 다시는 중단되지 않으리라고 믿을 수 있는 근거도 있다.

다른 시대에는 세상 사람들이 내게 돌아오리라는 기대가 얼마나 잘못된 생각이었는지를, 새롭게 반성할 때마다 새삼 확인하게 된다. 나에 관한 한, 다른 시대 역시 나를 혐오했던 무리 속에서 끊임없이 교체

---

* 『대화: 루소, 장자크를 심판하다』는 1771년 당국이 『고백록』의 낭독을 금지하자 박해에 대한 강박관념이 극에 달한 루소가 1772년부터 1776년까지 집필한 작품이다. '프랑스인'이라고 명명된 독자 대표와 루소가 대화를 나누는 형식으로 쓰였다. 루소는 이 작품의 집필을 마친 뒤 원고 겉봉에 "억눌린 자의 보호자이며 정의의 신, 당신의 섭리에 이것을 맡깁니다"라고 쓴 다음 파리 노트르담 사원의 제단에 두려고 했으나 철책이 내려져 있어 포기했다.

** 『대화』를 노트르담 사원의 제단에 두려던 시도가 실패한 뒤, 그해 4월 루소는 거리에서 「아직도 정의와 진리를 사랑하는 모든 프랑스인들에게」라는 제목의 전단을 나눠주었다.

되는 길잡이들에게 이끌려갈 것이기 때문이다. 개인은 죽지만 집단은 죽지 않는다. 집단 속에서는 동일한 정념이 영속하며, 그것을 불어넣어준 악마와 마찬가지로 불같은 증오는 영원히 소멸되지 않고 한결같은 활기를 간직한다. 내 적들이 모두 죽을지라도 의사협회와 오라토리오수도회*는 여전히 살아남을 것이고, 설령 나를 박해하는 단체가 이 둘뿐이라 해도 내 생전에 평화를 주지 않았듯 내가 죽은 뒤에도 나에 대한 평판을 가만히 내버려두지 않으리라고 확신한다. 시간이 지나면 실제로 내게 모욕을 당했던 의사들은 감정이 누그러질 수도 있을 것이다. 하지만 내가 사랑하고 존경했으며 전적으로 신뢰하여 결코 모욕한 적이 없는, 성직자이자 세속의 수도사인 오라토리오회 사제들은 영원히 달랠 수 없을 것이다. 그들의 부정不正이 내 죄를 만들었지만 그들의 자존심은 결코 내 죄를 용서하지 않을 것이며, 그들이 대중의 적대감을 유지시키고 끊임없이 부추기려 노력할 테니 대중도 그들처럼 진정되지 않을 것이다.

지상에서 나의 모든 것은 끝이 났다. 이제는 어느 누구도 내게 잘해줄 수도 해를 끼칠 수도 없다. 이제 내가 기대하거나 두려워할 것이 이 세상에는 하나도 남아 있지 않으니, 불운하고 불쌍한 인간인 나는 깊은 심연 속에서 이렇게 하느님처럼 태연하고 평온하다.

---

* 루소는 『에밀』에서 "의사들은 매일매일 여러분의 불안한 상상력에 죽음을 기입하고, 그들의 기만적인 기술로 여러분의 생명을 연장시키는 대신 여러분에게서 삶의 기쁨을 앗아가버릴 것이다"(『에밀 또는 교육론』, 이용철·문경자 옮김, 한길사, 2007)라고 말하며 의술을 불신했다. 또한 친분이 있던 오라토리오수도회 사제들에게 『에밀』을 보냈으나 큰 비난을 받았다. 오라토리오수도회는 기도와 사목에 헌신하기 위해 공동생활을 하는 가톨릭교회 사제회로, 1611년 파리에서 창립되었다.

나의 외부에 있는 모든 것은 이제 나와 상관이 없다. 이제 이 세상에는 친척도 동료도 형제도 없다. 내가 이 세상에 있는 것은 마치 내가 살던 별에서 떨어져 어느 낯선 별에 머물게 된 것과 같다. 내 주위에서 알아볼 수 있는 거라고는 내 마음을 슬프고 괴롭게 하는 것뿐이며, 내게 닿거나 나를 감싸고 있는 것에 시선을 두어도 언제나 나를 화나게 하는 경멸이나 나를 아프게 하는 고통의 소지를 발견하게 된다. 그러니 쓸데없이 괴로워하며 빠져들 고통스러운 일일랑 모두 마음에서 멀리 떼어놓자. 이제 남은 생애 동안 혼자인 나는 위안도 희망도 평화도 내 안에서만 찾을 수 있으니, 오로지 나 자신에게만 몰두해야 하며 또 그렇게 하고 싶다. 바로 이런 상태에서 나는 예전에 『고백록』*이라고 이름 붙였던 엄중하고도 진지한 검토를 다시 시작하게 되었다. 남아 있는 마지막 날들을 나 자신을 연구하고 곧 제출하게 될 나에 대한 보고서를 준비하는 데 바쳐야겠다. 내 영혼과 대화하는 즐거움이야말로 사람들이 내게서 빼앗을 수 없는 유일한 것이므로, 그 즐거움에 완전히 빠져보려 한다. 나의 내적인 성향을 깊이 성찰해본 끝에 그것을 좀더 잘 정리하고 그 속에 남아 있을지도 모를 악덕을 바로잡을 수 있다면 내 명상이 전혀 쓸모없는 일은 아닐 것이며, 이제 내가 이 세상에서 아무런 쓸모가 없다 하더라도 말년을 완전히 허비한 셈은 아닐 것이다. 매일 산책하며 보낸 여가 시간은 종종 유쾌한 명상으로 채워지곤 했는데, 그 기억을 잃어버려 몹시 안타깝다. 이제 앞으로 떠오르는 명

---

* 1764년 볼테르가 「시민들의 견해」라는 소책자를 통해 루소가 자식을 고아원에 버렸다는 사실을 알려 비난 여론이 거세지자, 이듬해부터 루소는 자서전인 『고백록』을 쓰기 시작해 1770년 완성한다.

상들은 기록해두려 한다. 다시 읽어볼 때마다 그 기쁨을 돌려받게 될 테니까. 내 마음이 마땅히 받을 만한 이 대가를 생각하며 나의 불행, 나를 박해한 자들, 내가 받은 모욕을 잊으려 한다.

이 종이들은 말 그대로 내 몽상을 기록한 형식 없는 일기에 불과하다. 생각에 잠긴 고독한 사람은 필연적으로 자기 자신에게 사로잡히기 마련이므로, 이 글들이 다루는 주제는 바로 나일 것이다. 게다가 산책을 하면서 머리를 스쳐간 온갖 낯선 생각 또한 이 종이들 속에서 제자리를 찾을 것이다. 나는 생각한 것들을 머리에 떠오른 상태 그대로, 전날 떠오른 생각이 다음날의 생각과는 대개 별 상관이 없듯 그렇게 두서없이 말하려 한다. 그러나 내 정신이 지금 내가 처한 이 이상한 상태로부터 매일 자양분을 얻어 만들어낸 감정과 생각을 통해, 나의 천성과 기질에 대한 인식이 늘 새롭게 생겨날 것이다. 따라서 이 종이들은 내가 쓴 『고백록』의 부록으로 간주할 수도 있지만, 그런 제목에 적합하다고 말할 만한 내용은 없을 테니 이 글에 그 제목을 붙이지는 않겠다. 내 마음이 역경의 도가니 속에서 정화된 까닭에, 내 마음을 유심히 들여다봐도 비난할 만한 성향의 찌꺼기는 거의 발견되지 않는다. 이승에서의 모든 사랑을 빼앗겼는데, 아직도 나에게 고백할 것이 남아 있겠는가? 자책할 것도 자화자찬할 것도 없다. 앞으로 나는 사람들 사이에서 아무것도 아니며, 그들과 실제로 관계를 맺거나 진정한 사교를 할 수 없는 만큼, 내가 될 수 있는 것은 이게 전부다. 이제는 악의 불씨가 되지 않을 선행을 할 수도 없고, 남이나 나 자신에게 해를 끼치지 않고 할 수 있는 것도 없기 때문에 스스로 삼가는 것이 내 유일한 의무가 되었으며, 그것이 내 것인 한 나는 그 의무를 다하고 있다. 그러나 이렇듯 육체가 무력한 가운데서도 내 영혼은 여전히 활발하게 움직여 감정과 생각을 불러일으키고, 내 영혼의 내적이고 정신적인 삶은 이승의 일시적인 모든 관계가 소멸됨으로써 더욱 성장하는 듯하다. 내 몸은 이제 내게 곤혹스러운 장애물에 불과한지라, 나는 되도록 빨리 거기서 빠져나오려 한다.

이토록 기이한 상황은 분명 찬찬히 살펴보고 서술할 만한 가치가 있기에, 나는 내 마지막 시간들을 그 검토에 바치려 한다. 그 일을 성공적으로 해내려면 조리 있게 체계적으로 작업을 수행해야 하지만 내게는 그럴 능력이 없거니와, 이는 내 영혼의 변모와 그 변모의 추이를 이해하려는 목적과도 멀어지게 할 것이다. 어떻게 보면 나는 자연학자가 하루하루 대기 상태를 알아보기 위해 하는 실험을 나 자신에게 해보려는 것이다. 내 영혼에 기압계를 대볼 것인데, 이러한 실험을 제대로 오랫동안 반복하다보면 자연학자들의 실험만큼 확실한 결과를 얻게 될지도 모른다. 그러나 내 계획을 거기까지 확장하지는 않겠다. 실험들을 기록하는 것으로 만족할 뿐 체계화하려고 노력하지는 않을 것이다. 나는 몽테뉴와 같은 기획을 하고 있지만 목적은 그와 정반대다. 왜냐하면 그는 다른 사람들을 위해 『수상록』을 썼지만, 나는 오로지 나 자신을 위해 내 몽상들을 기록하기 때문이다. 말년에 이르러 떠날 때가 가까워져도 내 바람대로 지금의 성향을 여전히 간직한다면, 그 글을 읽으면서 나는 그것을 쓸 때 맛보았던 즐거움을 다시 떠올리게 될 것이고, 이렇듯 나를 위해 지나간 시간을 되살려냄으로써, 말하자면 내 삶은 배가될 것이다. 사람들이야 어쨌든 나는 여전히 사교의 매력을 맛볼 수 있을 것이고, 늙고 황폐해졌어도 조금은 덜 늙은 친구와 함께 살듯 다른 나이의 나와 더불어 살아갈 것이다.

처음 『고백록』을 쓰고 이어서 『대화』를 쓸 때, 가능하다면 후세에 전할 수 있도록 나를 박해한 자들의 집요한 손아귀에서 그 글들을 빼낼 수단을 끊임없이 궁리했다. 지금 이 글에 대해서는 그런 불안감으로 더이상 괴롭지 않다. 이제 그런 불안이 소용없음을 알고, 사람들에게 더 잘 알려지고 싶다는 욕망이 내 마음속에서 식어버려, 내 진짜 저작들과 이미 영원히 모두 소멸되었을지도 모르는 내 결백의 증거들의 운명에 철저히 무관심해졌다. 내가 무엇을 하는지 염탐하든, 이 글에 불안을 느끼든, 이것을 빼앗아가거나 없애버리든, 또 위조를 하든, 앞으로 그 모든 일은 나와 무관하다. 나는 이 글을 감추지도 보여주지도 않겠다. 내가 살아 있는 동안 누군가 이 글을 내게서 앗아간다 하더라도 그것을 썼던 즐거움이나 그 내용에 대한 기억, 이 글을 낳은 고독한 명상들, 내 영혼이 다할 때에만 그 원천이 소멸될 고독한 명상들을 빼앗아가지는 못할 것이다. 처음 재난이 닥쳤을 때 운명에 맞서지 않고 지금과 같은 결심을 했더라면, 사람들의 모든 노력과 온갖 가공할 만한 술책이 내게 아무런 영향도 미치지 못하고, 어떤 음모로도 내 휴식을 방해할 수 없었으련만. 이제는 그들이 성공하더라도 앞으로의 내 휴식을 방해할 수 없는 것처럼. 그들이 나를 모욕하며 마음껏 즐기게 내버려두라. 내가 나의 결백을 즐기고 그들의 뜻과는 반대로 평화롭게 생을 마감하는 것을 그들이 막지는 못하리라.

두번째 산책

인간이 처할 수 있는 가장 기이한 상황에 처한 내 영혼의 일상적인 상태를 묘사하려는 계획을 세운 나는, 그것을 실행에 옮기는 방법으로 나의 고독한 산책과, 머릿속을 완전히 자유롭게 두어 그 어떤 저항이나 구속 없이 생각이 마음껏 제 흐름을 따르게 할 때 그 산책을 가득 채우는 몽상을 충실히 기록하는 것보다 더 단순하면서도 확실한 방법을 알지 못했다. 이 고독과 명상의 시간은 내가 온전히 나 자신이 되어 마음이 흐트러지거나 어떤 방해도 받지 않고, 자연이 바랐던 상태 그대로 존재하고 있다고 진심으로 말할 수 있는, 하루 중 유일한 시간이다.

나는 이 계획을 실행에 옮기는 일이 너무 늦어버렸음을 곧 깨달았다. 이미 활력을 잃은 내 상상력은 생기를 불어넣어줄 대상을 응시해도 더는 예전처럼 불타오르지 않으며, 몽상의 무아지경에도 깊이 빠져들지 못한다. 이제는 몽상이 야기하는 것 속에 창의적인 것보다 어렴풋한 추억이 더 많고, 미적지근한 무력감이 모든 능력을 약화시키며, 삶의 기운이 내 안에서 점차 꺼져가고 있다. 내 영혼은 노쇠한 육신을 간신히 뚫고 밖으로 솟아나오는 지경이라, 내게도 권리가 있다고 느껴 지금도 열망하는 그런 상태에 대한 희망이 없다면, 나는 이제 추억으로만 살아갈 것이다. 그러므로 기력이 완전히 쇠하기 전에 나 자신을 깊이 들여다보려면 적어도 몇 해 전으로, 이승에서 모든 희망을 잃고 이 땅에서는 어디서도 마음의 양식을 찾지 못해 마음 자체의 실체를 양식으로 삼고 내 안에서 모든 자양분을 구하는 데 차츰 익숙해지던 시기로 거슬러올라가야 한다.

너무 늦게 생각해낸 이 방책은 이내 적용 범위가 매우 넓어져 내게 모든 것을 보상해주기에 충분해졌다. 자신을 성찰하는 습관은 마침내 내 불행에 대한 느낌과 그 기억까지도 거의 잊게 해주었다. 그렇게 해서 나는 진정한 행복의 원천이 우리 안에 있음을, 또한 행복해지기를 원하는 사람을 정말로 불행하게 만드는 것은 다른 사람들이 아니라는 점을 나 자신의 경험을 통해 배웠다. 사오 년 전부터 나는 다정하고 온화한 영혼들이 명상에서 발견하는 내면의 즐거움을 일상적으로 맛보아왔다. 이렇게 혼자 산책하면서 때때로 맛보는 도취감과 황홀감은 나를 박해한 자들 덕분에 누리게 된 쾌락이다. 그들이 없었다면 나는 내 안에 품고 있던 보물들을 발견하지도 알아차리지도 못했을 것이다. 그 풍성한 보물들 한복판에 있으면서 어떻게 그것을 충실히 기록하겠는가? 그토록 달콤한 몽상을 다시 떠올리려 할 때면 나는 그것을 묘사하는 대신 다시 거기에 빠져들곤 했다. 몽상의 기억이 나를 데려가는 곳은 바로 이런 상태로, 그런 느낌을 조금이라도 가질 수 없게 되면 그에 대한 인식도 이내 멈춰버리는 그런 상태다.

『고백록』의 속편을 쓸 계획을 세운 뒤 며칠 산책을 하다가 그런 경험을 했는데, 한번은 어느 예기치 않은 사건으로 내 생각의 흐름이 중단되어 얼마간 다른 방향으로 전개된 일이 있었다. 지금부터 그 산책에 대해 말해야겠다.

1776년 10월 24일 목요일, 나는 점심식사 후 큰길을 따라 슈맹베르가까지 갔다가 그 거리를 거쳐 메닐몽탕 언덕에 이르렀다. 거기서부터 포도밭과 목초지를 가로지르는 오솔길로 접어들어 두 마을의 경계에 있는 아름다운 경치를 지나 샤론까지 갔고, 이어서 목초지로 되돌아오려고 다른 길로 방향을 바꾸었다. 나는 이따금 초목 속 식물들을 관찰하느라 멈춰 서기도 하면서, 기분좋은 경치에 언제나 그렇듯 기쁨과 흥미를 느끼며 즐겁게 거닐었다. 그러다 파리 근교에서는 거의 본 적이 없지만 이 고장에서는 매우 흔히 찾아볼 수 있는 식물 두 가지를 발견했다. 하나는 국화과에 속하는 쇠서나물이고, 다른 하나는 산형과의 시호였다. 나는 이 발견에 몹시 들떠서 한참 동안 그 재미에 빠져들었고 마침내 고지에서 더 희귀한 식물을 발견했는데 그것은 쇠별꽃으로, 바로 그날 내게 일어난 사고에도 불구하고, 내가 가지고 있던 책 속에서 찾아내서는 식물표본집에 붙여두었다.

마지막으로 익히 아는 모양과 종류인데도 언제나 내게 기쁨을 주는, 아직 꽃이 활짝 피어 있는 몇몇 다른 식물들을 자세히 살펴본 다음, 나는 세세한 관찰은 차츰 그만두고 이 모든 것이 전체적으로 주는 한결같이 유쾌하면서도 더 감동적인 인상에 빠져들었다. 며칠 전에 포도 수확이 끝난 터라 도시에서 산책하러 온 사람들은 이미 자취를 감추었고, 농부들 또한 겨울 작업 때까지는 들판을 떠난 터라 아무도 없었다. 여전히 아름다운 초록빛이지만 여기저기 잎이 떨어져 거의 황량해진 들판은 다가오는 겨울과 고독의 이미지를 사방에 드리워놓고 있었다. 그 모습은 정겨움과 서글픔이 뒤섞인 분위기를 자아냈는데, 마치 내 나이와 운명 같아서 내 처지인 양 느끼지 않을 수 없었다. 나는 결백하지만 불운한 인생의 황혼기에 접어들었으며, 내 영혼은 여전히 생생한 감정들로 충만하고 정신은 아직도 몇 송이 꽃으로 장식되어 있지만, 그 꽃들은 이미 슬픔에 시들고 근심으로 말라버렸다. 버려져 혼자가 된 나는 첫얼음의 냉기가 다가오고 있음을 느꼈고, 고갈되어가는 내 상상력은 더이상 마음 가는 대로 상상해낸 존재들로 내 고독을 채우지 못했다. 나는 한숨지으며 생각했다. 이 세상에서 나는 무엇을 했던가? 나는 살기 위해 태어났으나 살아보지도 못한 채 죽어간다. 적어도 그것은 내 잘못이 아니다. 남들이 가로막아 내 존재를 만든 창조주에게 선행을 봉헌물로 가져갈 수는 없지만, 적어도 빼앗긴 선한 의지와 결실을 거두지 못한 올바른 감정 그리고 남들의 멸시를 견뎌낸 인내심이라는 공물은 가져갈 수 있다. 이런 생각에 측은해진 나는 청춘 시절부터 장년기를 거쳐 사람들이 나를 사회에서 격리시킨 후, 그리고 생의 마감을 앞두고 있는 지금까지 계속되어온 긴 은둔 생활 동안 내 영혼이 겪은 동요를 되짚어보았다. 나는 흐뭇하게 내 마음에 담았던 애정과 무척이나 다정했지만 맹목적이었던 애착들, 몇 해 전부터 내 정신에 자양분이 되어온 슬프다기보다 위안을 주는 생각들로 되돌아가, 내가 그 속에 빠져 맛보았던 즐거움에 버금가는 기쁨을 느끼며 충분히 묘사할 수 있을 정도로 그것들을 회상할 준비가 되어 있었다. 이처럼 평온한 명상 속에서 나의 오후가 지나갔고, 나는 그런 하루에 매우 만족하며 돌아오는 길이었다. 그렇게 한창 몽상에 빠져 있다가 거기서 벗어나게 된 것은 지금부터 이야기하려는 사건 때문이었다.

저녁 여섯시쯤 나는 '갈랑 자르디니에'* 맞은편에 있는 메닐몽탕의 내리막길을 지나가고 있었다. 그때 앞서 걸어가던 사람들이 갑자기 놀라 비켜서면서 커다란 그레이트데인 한 마리가 내게 달려드는 게 보였는데, 그 개는 사륜마차 앞을 지나 전속력으로 돌진하고 있어 나를 발견하고도 달리기를 멈추거나 방향을 바꿀 겨를이 없었다. 땅바닥에 내동댕이쳐지는 상황을 피할 유일한 방법은 내가 공중에 떠 있는 동안 개가 내 밑으로 지나갈 수 있도록 정확하게 높이 뛰어오르는 것뿐이라고 판단했다. 이 생각은 번개보다 빨리 스쳐갔고, 앞뒤를 따져보거나 행동에 옮길 겨를이 없었던 내가 사고를 당하기 전에 한 마지막 생각이었다. 나는 부딪친 것도 곤두박질친 것도, 제정신이 들 때까지 연달아 벌어진 일들에 대해 아무것도 느끼지 못했다.

거의 밤이 되어서야 의식이 돌아왔다. 서너 명의 젊은이가 나를 팔로 부축한 채 보살피며, 내게 무슨 일이 있었는지 말해주었다. 속도를 늦출 수 없었던 그레이트데인이 내 양다리 쪽으로 돌진하여 그 속력과 덩치로 들이받는 바람에 나는 머리부터 땅에 박으며 고꾸라진 것이다. 내 몸무게가 고스란히 실린 위턱이 울퉁불퉁한 포석에 부딪혔는데, 내리막길을 내려가던 터라 머리가 발보다 낮게 떨어져서 추락의 충격은 극심했다.

---

* 카바레 이름.

개 주인이 탄 사륜마차가 바로 뒤따라오고 있었기에, 마부가 말들을 즉시 제지하지 않았더라면 마차가 내 몸 위로 지나갔을 것이다. 이것이 몸을 일으켜주고 제정신이 돌아올 때까지 나를 부축해준 사람들의 이야기를 통해 알게 된 사실이다. 그 순간 내가 처한 상태가 너무나 기이했기에 여기서 묘사하지 않을 수 없다.

밤이 깊어갔다. 하늘과 몇 개의 별, 나무가 조금 보였다. 처음으로 맛보는 그 감각의 순간은 달콤했다. 나는 아직은 달콤한 감각으로 나 자신을 느끼고 있었다. 그 순간 나는 삶에 눈떴고, 내 눈에 띈 모든 사물들이 내 가벼운 존재로 가득 채워지는 것 같았다. 바로 그 현재의 순간에 온전히 내가 된 나는 아무 생각도 나지 않았다. 나라는 개체에 대한 또렷한 관념도, 방금 전 내게 일어난 사고에 대한 생각도 전혀 떠오르지 않았다. 내가 누구인지 어디에 있는지도 알지 못했다. 또한 고통도 두려움도 불안도 느끼지 않았다. 나는 마치 흐르는 시냇물을 바라보듯 흐르는 피를, 그 피가 내 것이라는 생각도 하지 못한 채 바라보았다. 나는 내 존재 전체에서 황홀한 평온을 맛보았는데, 그후로 그 느낌을 떠올릴 때마다 내가 알고 있는 가장 강렬한 기쁨 가운데서 그것에 견줄 만한 것을 찾을 수 없었다.

누군가 내게 사는 곳을 물었지만, 나는 대답할 수가 없었다. 나는 여기가 어디냐고 되물었다. 누군가 "오트보른요"라고 말해주었다. 그것은 내게 "아틀라스 산 위요"라고 말한 것이나 마찬가지였다.* 나는 연달아 내가 있는 나라와 도시, 동네가 어디인지를 물어야 했다. 그래도 여

* '오트보른'은 파리의 메닐몽탕 거리와 이어져 있는 길인데, 아직 정신이 들지 않은 루소에게는 오트보른이 북아프리카에 있는 아틀라스 산인 듯 낯설게 들렸다는 의미다.

전히 정신을 차릴 수가 없었다. 거기서부터 큰길까지 걸어나와서야 내가 사는 곳과 내 이름이 떠올랐다. 모르는 사람인데도 친절하게 나와 동행해준 신사는 내가 꽤 먼 곳에 산다는 사실을 알고는 수도원에서 삯마차를 타고 가라고 일러주었다. 여전히 많은 피를 뱉어야 했지만, 나는 고통도 상처도 느끼지 못한 채 가벼운 발걸음으로 꽤 잘 걸어갔다. 그러나 오한으로 심하게 몸이 떨려 깨진 이들이 몹시도 거북하게 맞부딪쳤다. 수도원에 도착했지만 어려움 없이 걸을 수 있으므로 마차 안에서 얼어죽을 위험을 무릅쓰느니 차라리 이렇게 계속 걸어가는 편이 낫겠다고 생각했다. 그렇게 수도원에서 플라트리에르 가까지 약 2킬로미터를 몸 상태가 아주 좋을 때와 마찬가지로, 별다른 어려움 없이 혼잡과 마차들을 피해 길을 골라가며 걸었다. 집에 도착하여 길 쪽 현관에 달린 비밀 자물쇠를 열고 어두운 계단을 올라가, 그때까지도 제대로 파악하지 못한 넘어진 일과 뒤이어 전개된 상황 말고는 별다른 사고 없이 마침내 집안으로 들어갔다.

나를 본 아내의 비명을 듣고서야 내가 생각보다 더 험한 꼴을 당했음을 알게 되었다. 여전히 부상의 정도를 알지도 느끼지도 못한 채 밤이 지나갔다. 다음날 내가 느끼고 발견한 모습은 다음과 같다. 윗입술은 안쪽으로 코까지 찢어졌으나 겉쪽은 피부가 보호막이 되어 완전히 갈라지는 것은 막아주었다. 이 네 개가 위턱에 박혔고, 그쪽 얼굴은 온통 엄청나게 부어오른 채 멍들어 있었다. 오른손 엄지는 삐어서 퉁퉁 부었고, 왼손 엄지는 심한 상처를 입었으며, 왼팔은 삐었고, 왼쪽 무릎 또한 심하게 부어올라 극심한 타박상의 고통 때문에 완전히 구부릴 수가 없었다. 그러나 이 대소동에도 불구하고 아무것도, 이 하나도 부러

지지 않았으니 그토록 심각했던 사고치고는 거의 기적이라 할 만한 행운이었다.

이상이 내가 당한 사고의 정확한 전말이다. 며칠 지나지 않아 이 이야기는 완전히 뒤바뀌고 왜곡되어 도무지 아무것도 알아볼 수 없는 형태로 파리 전체에 퍼졌다. 와전되리라는 것을 미리 예상했어야 했다. 너무도 많은 기묘한 정황들이 거기에 덧붙여졌다. 온갖 모호한 말과 고의적인 침묵이 거기에 곁들여졌는데, 사람들이 내게 우스꽝스러울 정도로 조심스럽게 그 이야기를 전하는 바람에 그 모든 비밀이 나를 불안하게 했다. 나는 늘 어둠이 싫었다. 천성적으로 어둠에 공포심을 느꼈는데, 꽤 오래전부터 사람들이 내 주위에 드리워놓은 어둠도 그 공포심을 감소시키지는 못했다. 그 무렵에 있었던 온갖 이상한 일들 가운데 한 가지만 말해보겠다. 그러나 그것만으로도 다른 일들을 가늠하기에 충분하다.

예전에 나와 아무 관계도 없던 치안정감 르누아르 씨가 비서를 보내 내 소식을 알아보고는 나를 보살펴주겠다는, 당시 상황에서 나를 위안하는 데 그다지 유용해 보이지 않는 제의를 간곡히 해왔다. 그 비서는 자기 말을 믿지 못하겠으면 르누아르 씨에게 직접 편지를 써도 된다는 말까지 하면서, 제의를 받아들이라고 열성적으로 몰아붙였다. 각별한 호의에 친밀한 태도까지 곁들여지자 나는 이 모든 일의 이면에 내가 간파하려 애써도 소용없는 어떤 비밀이 있음을 알게 되었다. 나를 겁먹게 하기 위해서라면, 더군다나 사고 후 고열로 내 머리가 혼란에 빠진 상태이니 그만큼도 필요 없었다. 나는 불안하고도 우울한 수만 가지 추측에 골몰했고, 내 주변에서 일어난 모든 일에 더이상 아무 관심

없는 사람의 냉정함이라기보다 열에 들뜬 사람의 착란을 보여주는 해석을 덧붙였다.

또다른 사건이 일어나 내 마음의 평정을 완전히 흩뜨리고 말았다. 몇 해 전부터 도르무아 부인은 나와 친해지려고 접근해왔는데, 나로서는 그 이유를 짐작할 수 없었다. 부자연스러운 자질구레한 선물들과 용건도 없고 즐겁지도 않은 잦은 방문으로 인해 나는 이 모든 일의 은밀한 목적을 눈치챘지만, 그녀가 그것을 직접 밝히지는 않았다. 그녀는 내게 왕비에게 보여줄 생각이라며 자신이 쓰려는 소설에 대해 이야기했다. 나는 그녀에게 여성 작가들에 대한 내 생각을 말해주었다. 그녀는 그 계획의 목적이 자기 재산을 되찾는 것이라며, 이를 위해 왕비의 후원이 필요하다고 했다. 나는 대답할 말이 없었다. 그뒤 그녀는 왕비에게 접근할 수 없어서 자신의 책을 대중에게 공개하기로 결정했다고 말했다. 이제 나는 그녀가 내게 요구하지도 않았거니와 따르지도 않을 충고를 해줄 형편이 못 되었다. 그녀는 그전에 내게 미리 원고를 보여주겠다고 말하기도 했다. 나는 그러지 말라고 부탁했고, 그녀도 그러지 않았다.

몸이 회복되어가던 어느 날, 나는 그녀로부터 인쇄해 장정까지 한 그 책을 받았는데, 서문에 덕지덕지 붙여놓은 너무나 부자연스러운 나에 대한 과도한 찬사를 보고 기분이 나빠졌다. 거기서 느낀 투박스러운 아첨은 결코 호의와 결부되는 것이 아니었으며, 내 마음이 그런 데 속을 리 없었다.

며칠 후, 도르무아 부인이 딸과 함께 나를 만나러 왔다. 그녀는 자신의 책이 주석 하나 때문에 상당한 소란을 일으키고 있다고 말했다. 나는 그 소설을 대충 빠르게 훑어보았기 때문에 그 주석을 눈여겨보지 않은 터였다. 도르무아 부인이 돌아간 뒤 나는 그 주석을 다시 읽고 어투를 살펴보고는 거기서 지금까지 그녀의 방문과 아첨, 그리고 서문에 실린 나를 향한 과도한 찬사의 동기를 찾아냈다고 확신했다. 이 모든 일이 독자들에게 그 주석을 내가 쓴 것으로 여기게 하고, 책이 출간되었을 때 저자가 받게 될지도 모를 비난을 내게로 돌리려는 것 외에 다른 목적은 없다고 판단했다.

내게는 그 소란을 잠재우고 그 일로 야기될 인상을 지울 방법이 전혀 없었다. 내가 할 수 있는 일이라고는, 도르무아 부인과 그 딸이 쓸데없이 공공연하게 계속 찾아오는 것을 참아가며 그 소란이 지속되게 내버려두지 않는 것뿐이었다. 그래서 부인에게 다음과 같이 쪽지를 썼다.

> 어떤 작가의 방문도 받지 않는 저 루소는 도르무아 부인의 친절에 감사드리며, 저를 방문해주시는 영광을 더는 베풀지 마시기를 간청합니다.

그녀는 형식을 갖춰 정중하면서도, 이런 경우에 사람들이 보내오는 모든 편지들과 마찬가지로 표현을 매우 다듬은 답장을 보내왔다. 나는 잔인하게도 그녀의 다정다감한 마음에 비수를 꽂은 것이어서, 그녀가 쓴 편지의 어조로 본다면 나에 대해 그토록 강렬하고 진실한 감정을 가진 그녀로서는 죽을 때까지 이 결별을 견디지 못할 거라고 믿을 수밖에 없었다. 이런 식으로 매사에 올곧고 솔직한 태도가 세상에서는 끔찍한 죄가 되어버린다. 그들처럼 거짓되거나 신의를 저버리지 않는다는 점 말고는 다른 죄가 없는데도, 나는 동시대인들에게 고약하고 잔인한 사람으로 보일 것이다.

나는 이미 여러 번 외출했고 튀일리 궁의 공원에서도 산책을 꽤 자주 했는데, 나와 마주친 사람들 몇몇이 놀라는 모습에서 아직도 내가 모르는 나에 관한 또다른 소문이 있음을 알게 되었다. 마침내 그 떠도는 소문이 내가 그 사고 때 내동댕이쳐져 죽었다는 내용임을 알게 되었고, 그 소문은 매우 빠르고 집요하게 퍼져나가 내가 알게 된 지 두 주 후에는 왕과 왕비마저 확실한 사실로 언급했을 정도였다. 세심하게도 누군가 내게 편지로 전해준 바에 따르면, 〈아비뇽 통신〉*은 이 희소식을 알리면서, 그 기회에 사람들이 내가 죽은 뒤 나를 추모하기 위해 추도사의 형태로 준비하고 있는 모욕과 무례라는 공물을 놓치지 않고 미리 언급했다는 것이다.

이 소식에 이어 한층 더 기이한 상황이 벌어졌는데, 나는 그 일을 순전히 우연히 알게 되었고 그 자세한 내막은 도무지 알 수가 없었다. 그것은 이런 소문과 동시에 내 집에서 발견될 원고들의 인쇄물에 대한 예약 접수를 시작했다는 사실이었다. 이를 통해 나는 사람들이 내가 죽자마자 출간할, 내가 저술했다고 고의로 조작한 원고집을 준비하고 있다는 사실을 알게 되었다. 실제로 발견될 수도 있을 원고들 중 어떤 것을 정확히 그대로 인쇄해주리라고 생각하는 것은 상식적인 사람의

---

* 실제로 1776년 12월 20일자 〈아비뇽 통신〉에는 "장자크 루소가 사고로 사망했다. 그는 가난하게 살다가 비참하게 죽었으며, 그의 기이한 운명은 무덤까지 이어졌다"라는 기사가 실렸다.

머리에 떠오를 수 없는 바보 같은 짓임을, 지난 십오 년간의 경험이 내게 너무나 분명히 해주었다.

이런 사실들을 연달아 알아채고 뒤이어 그에 못지않게 놀라운 많은 일들이 일어나면서 무뎌졌다고 생각했던 내 상상력은 다시 겁에 질렸고, 사람들이 꾸준히 더 짙어지게 한 내 주변의 칠흑 같은 어둠은 내가 천성적으로 지닌 어둠에 대한 공포심을 되살려놓았다. 나는 이 모든 일에 대해 수없이 해석해보고, 나로서는 도저히 이해할 수 없게 만든 비밀들을 알아내려 애쓰느라 녹초가 되어버렸다. 그 많은 수수께끼에서 한결같이 나온 유일한 결과는 앞서 내가 내렸던 모든 결론에 대한 확인이었다. 즉 나라는 사람의 운명과 나에 대한 평판의 운명을 현세대 모두가 일치단결하여 정해버린 이상, 나로서는 어떤 위탁물도 그것을 없애려 혈안이 된 자의 손을 거치지 않고는 다른 세대로 전달하는 것이 불가능하며, 그러므로 어떤 노력으로도 내 운명에서 벗어날 수 없다는 것이었다.

하지만 이번에는 생각을 더 멀리까지 밀고 나갔다. 그 많은 우발적인 정황들과, 이를테면 유달리 운이 따르는 나의 가장 잔인한 적들의 승승장구, 나라를 다스리는 모든 사람들, 여론을 이끌어가는 모든 사람들, 요직에 있는 모든 사람들, 공모共謀에 가담시키기 위해 내게 은밀한 원한을 품고 있는 자들 중에서 엄선된 듯한 신망 높은 모든 사람들, 이들 모두가 이처럼 광범위하게 서로 일치한다는 사실은 순전히 우연이라고 하기에는 너무나 기이하다. 단 한 사람만 공모를 거부했어도, 그와 상치되는 단 하나의 사건만 일어났어도, 예기치 못한 상황이 하나만 벌어져 방해했어도, 그 공모를 그르치기에 충분했을 것이다. 그러나 모든 의지적인 행위, 온갖 불운, 운명과 온갖 급변하는 정황들이 이들의 작업을 공고히 해주었으니, 거의 기적과도 같은 그 놀라운 일치를 보고 나는 저들이 도모한 일의 완벽한 성공이 신의 영원한 법령에 기록되어 있음을 의심할 수 없었다. 과거든 현재든 내가 관찰한 수많은 특별한 일들이 이러한 내 생각을 확고하게 해주어, 그때부터 지금까지 인간의 악의가 빚어낸 열매라고만 생각했던 그들의 작업을, 이후로는 인간의 이성으로는 간파할 수 없는 하늘의 비밀 가운데 하나로 간주할 수밖에 없었다.

이런 생각은 내게 잔인하거나 비통하기는커녕 오히려 위안을 주고 마음을 가라앉혀주어 체념할 수 있도록 도와준다. 나는 지옥에 떨어져도 그것이 하느님의 뜻이라면 위안을 얻었던 성 아우구스티누스의 경지까지는 이르지 못했다. 나의 체념은 그보다는 덜 무사무욕한 근원에서 생겨났지만, 그렇다고 해서 덜 순수한 것은 아니며 내 나름대로는 내가 숭배하는 완전한 절대자에게 더 부합하리라고 생각한다. 하느님은 공정하셔서 내가 고통을 견디기를 원하시고, 또 그런 나에게 죄가 없음을 알고 계신다. 이 점이 바로 내 확신의 동기로서, 내 마음과 이성은 그 확신이 나를 저버리지 않을 거라고 내게 외친다. 그러므로 사람들과 운명이 하는 대로 그냥 내버려두자. 투덜대지 말고 고통을 견디는 법을 배우자. 모든 것이 결국에는 순리를 따르게 되어 있으니, 조만간 내 차례가 올 것이다.

세번째 산책

나는 늘 배우면서 늙어간다.*

솔론은 늙어서 이 시구를 자주 읊조렸다. 이 시구에는 노년기에 접어든 나 또한 그렇게 말할 법한 뜻이 담겨 있다. 그러나 이십 년 전부터 내가 경험으로부터 얻은 지식이란 것이 참으로 초라하니, 차라리 무지가 훨씬 더 바람직하다. 역경은 분명 훌륭한 스승이지만 그 가르침은 비싼 대가를 치르게 하며, 종종 거기서 얻는 이득은 치른 대가에 미치지 못한다. 게다가 뒤늦은 교훈을 통해 이 모든 지혜를 획득하기도 전에, 그것을 이용할 적절한 시기가 지나가버린다. 청년기는 지혜

* 그리스의 전기작가 플루타르코스의 『영웅전』 중 「솔론전」에 나오는 구절. 솔론은 아테네의 시인이자 정치가로 칠현인 중 한 명이다.

를 배우는 시기이고, 노년기는 지혜를 실천하는 시기다. 경험은 언제나 가르침을 준다. 나도 그 점을 인정하지만, 자기 앞에 남아 있는 삶의 기간에만 유익할 뿐이다. 죽어야 하는 순간이 과연 어떻게 살았어야 했는지를 배울 적절한 시기인가?

오! 내 운명과 이를 좌지우지한 타인의 정념에 대해 이토록 뒤늦게, 또 너무나 고통스럽게 얻은 지식이 지금 내게 무슨 소용이란 말인가? 내가 배운 인간을 더 잘 아는 법이 이제 와서는 그들이 나를 그 안에 빠뜨려놓은 비참함을 더 잘 느끼게 해줄 뿐, 그 지식은 저들이 내게 친 함정을 모두 드러내 보여주긴 했지만 어떤 것도 피하게 해주지는 못했다. 떠들썩한 친구들이 꾸며댄 온갖 책략에 둘러싸여 있으면서도 일말의 의심조차 없이 나는 그렇게 오랫동안, 나를 저들의 먹잇감이나 조롱거리로 만든 저 멍청하지만 다정한 신뢰 속에 머물러 있지 않았던가! 그들에게 속아넘어간 희생자인 것은 맞지만 나는 그들의 사랑을 받고 있다고 믿었고, 내 마음은 나에 대한 그들의 우정도 나만큼 될 것이라 여기며 그들이 내게 불러일으킨 우정을 즐겼다. 이 달콤한 환상이 깨졌다. 세월과 이성이 베일을 벗겨내어 밝혀준 이 서글픈 진실은 내 불행을 깨닫게 하고, 거기에는 어떤 치유책도 없어 이제 내겐 체념하는 일만 남았음을 일깨워주었다. 그러니 내 처지에서는 지금 내 나이의 모든 경험은 쓸모가 없고 앞으로도 이득을 가져다주지 않을 것이다.

우리는 태어나면서 경기를 시작해 죽어서야 벗어난다. 경기의 막바지에 이르러 전차 모는 법을 더 잘 배운들 무슨 소용이 있는가? 그때는 이제 거기서 어떻게 빠져나와야 할지 궁리하는 일만 남은 것을. 노인의 공부란, 그에게 아직도 할 일이 남아 있다면 오로지 죽는 법을 배우는 것일진대, 내 나이의 사람들이 가장 하지 않는 일이 바로 이 공부로, 그들은 이것만 제외하고 온갖 일에 대해 생각한다. 모든 노인들은 어린아이보다 더 삶에 집착하며, 젊은이보다 더 마지못해 세상을 떠나간다. 그들이 겪은 모든 고된 일이 바로 이 삶을 위한 것이었는데도 마지막에는 그것이 헛수고였음을 알게 되기 때문이다. 그들의 모든 정성, 온갖 재물, 고된 밤샘으로 이뤄낸 성과들, 떠날 때는 이 모든 것을 버리고 간다. 사는 동안 죽을 때 가져갈 수 있는 것을 얻을 생각은 조금도 하지 않았기에.

나는 이 모든 것을 생각해야 할 시기에 생각했다. 설령 이런 성찰을 더 잘 이용할 줄은 몰랐다 하더라도, 그것은 제때에 반성하지 않거나 제대로 이해하지 못한 탓은 아니다. 어려서부터 세상의 소용돌이 속에 던져진 나는 일찍이 내가 이 세상에서 살도록 태어난 것이 아니며, 내 마음이 바라는 상태에 결코 도달하지 못하리라는 걸 경험으로 알았다. 그리하여 나는 사람들 사이에서는 발견할 수 없다는 것을 깨달은 행복 찾기를 그만두었고, 내 열정적인 상상력은 내가 정착할 수 있는 평화로운 장소에서 쉴 수 있기 위해 이제 막 시작된 내 일생을 마치 낯선 영토를 넘어가듯 일찍이 건너뛰어버렸다.

이런 감정은 어려서부터 받은 교육으로 더욱 커지고, 일생을 가득 채운 비참함과 불운이 길게 이어지면서 더 강화되어, 삶의 모든 시기마다 다른 어떤 이에게서도 찾아볼 수 없는 관심과 정성을 들여 나라는 존재의 본성과 목적을 탐구하게 만들었다. 나는 나보다 훨씬 더 박식하게 철학하는 사람들을 많이 보았지만, 그들의 철학은 말하자면 그들 자신과는 상관없는 것이었다. 누구보다 더 유식해지고 싶어 우주의 질서가 어떠한지를 알기 위해 마치 그들의 눈에 띈 어떤 기계를 연구하듯, 순전히 호기심으로 우주를 연구한 것이다. 그들은 자기 자신을 알기 위해서가 아니라 인간의 본성에 대해 유식하게 말하기 위해 인간 본성을 연구했다. 또한 자신의 내면을 명확히 밝혀내기 위해서가 아니라 다른 사람들을 가르치기 위해 공부했다. 그들 가운데 몇몇은 어떤 책이든 받아들여지기만 한다면 그저 책을 내고 싶은 생각뿐이었다. 책이 출판되어도 사람들에게 그 책을 선택하게 하거나 공격당할 경우 책을 옹호하기 위해서가 아니라면 그들은 책의 내용에 전혀 관심이 없으며, 그들 자신에게 유용하도록 그 책에서 무엇을 끌어내는 일도 없을 뿐더러, 반박당하지 않는다면 그 내용이 맞는지 틀리는지조차 신경쓰지 않았다. 나로 말하자면, 내가 배우기를 열망했던 것은 나 자신을 알기 위해서이지 가르치기 위해서가 아니었다. 나는 언제나 남을 가르치기 전에 나 자신을 위해 충분히 아는 일부터 시작해야 한다고 믿었으며, 일생 동안 사람들 사이에서 애써왔던 모든 연구는 여생을 무인도에 갇혀 보내게 된다 하더라도 마찬가지로 나 혼자서라도 연구했을 것들이다. 사람이 마땅히 해야 하는 일은 대개 마땅히 믿는 바에 따라 좌우되며, 자연의 원초적인 욕구에 속하지 않는 모든 일에서는 우리의 견해가 행동의 기준이 된다. 이는 항상 나의 원칙이었고, 그에 따라 내 삶의 여정을 바로잡아가기 위해 자주 그리고 오랫동안 내 삶의 진정한 목적을 알려고 애써왔지만, 그 목적을 이 세상에서 찾을 필요가 없음을 깨닫고는 이내 이 세상에서 능숙하게 처신하는 재능이 내게는 거의 없다는 사실에 오히려 위안을 받았다.

품행이 바르고 신앙심이 깊은 집안에서 태어나 지혜와 신심信心이 충만한 목사*의 집에서 온화하게 자란 나는 아주 어려서부터 원칙과 규범—다른 사람들은 편견이라 할지도 모르지만—을 받아들였고, 그것들은 결코 나를 완전히 버린 적이 없었다. 아직 어린 나이에 혼자 내던져지고, 남의 호의에 솔깃해하고, 허영심에 이끌리고, 희망에 속고, 불가피한 상황에 내몰려 가톨릭 신자가 되었지만, 나는 언제나 기독교도였다. 그렇지만 결국 습관의 지배를 받게 된 나는 새로운 종교에 진심으로 열중했다. 바랑 부인**의 가르침과 그녀가 보여준 본보기는 나를 확고하게 해주었다. 그녀 곁에서 보낸 꽃 같은 청춘기 전원생활의 고독과 완전히 빠져들었던 양서良書 연구는 사랑의 감정에 민감한 타고난 나의 성향을 강화시켜 거의 페늘롱***식의 독신자篤信者로 만들었다. 은신처에서의 명상, 자연의 연구, 우주에 대한 관조는 한 은자를 끊임없이 조물주에게로 솟아오르게 해 불안하고도 설레는 마음으로 그가 바라보는 모든 것의 목적과 그가 느끼는 모든 것의 원인을 탐구하게 만들었다. 운명이 나를 세상의 격류에 다시 내던졌을 때, 나는 잠시라도 내 마음을 즐겁게 해줄 만한 것을 더는 찾을 수 없었다. 안락하고 여유롭

---

* 랑베르시에 목사를 가리킨다. 루소는 보세에 있는 이 목사의 기숙학교에서 또래인 사촌과 함께 1722년부터 2년 동안 머물렀다. 『고백록』 제1권에서 루소는 이 시기에 대해 자세히 묘사하며 자신에게 미친 영향을 설명했다.

** 1728년 제네바에서 도망친 루소가 안시에서 만난 후 후견인이자 연인으로서 오랫동안 긴밀한 관계를 유지한 귀족 부인. 루소는 1754년 이후 그녀를 더이상 만나지 않았지만, 「열번째 산책」에서 가장 행복했던 기억으로 그녀와 보냈던 시간을 떠올린다.

*** 프랑스의 종교가. 인간의 자발적이고 능동적인 의지를 최대로 억제하고 초인적인 신의 힘에 전적으로 의지하려는 기독교 사상인 '정적주의'에 심취했다. 대표작은 왕세손의 교육을 위해 쓴 『텔레마코스의 모험』이다. 루이 14세의 전제정치를 비판하고 유토피아적 이상 사회를 기술한 이 작품은 계몽사상 형성에 상당한 영향을 미쳤는데, 루소의 『에밀』에서도 중요하게 언급된다.

던 생활에 대한 아쉬움이 어딜 가나 따라다녀서 재산과 명예로 나를 이끌기에 적합한, 손닿는 모든 일에 무관심과 반감을 갖게 되었다. 불안한 욕망 속에서 확신이 없던 나는 바라는 게 거의 없었고 얻는 것도 적었으며, 성공의 서광이 비쳤을 때조차 내가 추구한다고 믿었던 모든 것을 얻는다 해도 그 대상이 무엇인지를 가려내지 못한 채 내 마음이 열망했던 행복을 그 속에서 찾아내지 못하리라고 느꼈다. 이처럼 모든 것이, 완벽하게 나를 세상과 무관하게 만들어버릴 불행이 시작되기도 전부터 이 세상에 대한 나의 애착을 끊어놓는 데 기여했다. 나는 마흔 살이 될 때까지 마음속에 어떤 나쁜 성향도 품은 적 없이, 그저 습관적인 악덕에 젖어 내 이성에 따라 정한 원칙도 없이 닥치는 대로 살면서, 나의 의무를 저버리지는 않았지만 종종 제대로 인식하지 못한 채 멍하니 궁핍과 부, 지혜와 미망迷妄 사이를 떠돌았다.

젊어서부터 나는 마흔을 성공을 위한 내 노력을 끝내는 시기, 온갖 포부를 마무리하는 시기로 정해두었다. 그 나이 이후로는 내가 어떤 상황에 처하든 거기서 벗어나려고 발버둥치지 않고 더는 앞날을 염려하지도 않고 여생 동안 그날그날의 하루를 살기로 단단히 결심했었다. 그 나이가 되자 나는 힘들이지 않고 이 계획을 실행에 옮겼고, 당시 내 행운이 더욱 확고한 자리를 잡고 싶어하는 듯했으나 나는 미련 없이, 그것도 진정으로 기꺼이 단념해버렸다. 이 모든 미끼와 저 모든 헛된 희망에서 해방된 나는 무관심과, 언제나 나의 가장 주된 취미이자 가장 지속적인 성향이기도 한 정신의 휴식에 완전히 나 자신을 맡겼다. 나는 사교계와 그곳의 화려함을 떠났고, 모든 몸치장을 그만두었다. 검劍이나 시계, 흰색 스타킹, 금박, 머리장식도 더는 착용하지 않고 간단한 가발과 굵은 실로 짠 옷을 입었으며, 더 나아가 내가 버린 이 모든 것에 가치를 부여하는 탐욕과 선망을 내 마음에서 뿌리째 뽑아버렸다. 당시 내가 차지하고 있던 내게 전혀 걸맞지 않은 지위를 포기하고, 나는 장당 얼마씩 받고 내가 늘 꼭 하고 싶어했던 악보 베끼는 일을 시작했다.

나는 자기 혁신을 외관에만 국한시키지 않았다. 이 자기 혁신 자체가 또다른 혁신을, 분명 더 힘겹지만 더욱 필요한 사상의 혁신을 요구하리라는 것을 깨닫고 이를 한번에 해치우기로 결심하고서, 내 내면을 남은 생애 동안 죽을 때 그랬으면 하고 바라는 상태에 맞출 수 있도록 엄밀하게 검토해보기로 했다.

내 안에서 막 이뤄진 큰 변화, 내 시야에 드러난 또다른 정신세계, 아직은 내가 그것에 얼마나 희생될지 예측하지 못한 채 불합리하다고 느끼기 시작한 세상 사람들의 몰지각한 판단, 겨우 그 냄새를 맡았을 뿐인데도 벌써 역겨워진 문학의 허영과는 다른 선善을 향해 점점 커져가는 욕구, 마지막으로 남은 나의 여정에서는 내가 지금까지 반생을 보내온 가장 화려한 길보다 덜 불확실한 길을 걸어보고 싶은 욕망, 이 모든 것이 오랫동안 필요하다고 느껴왔던 이 원대한 검토를 실행하게 만들었다. 그리하여 나는 그 일을 시도했고, 제대로 실행하기 위해 내가 할 수 있는 일이라면 어느 것도 소홀히 하지 않았다.

내가 세상을 완전히 단념했고, 이후로 내게서 떠난 적이 없는 고독에 대한 취향이 완강해졌다고 말할 수 있는 때가 바로 이 무렵이다. 내가 시도한 일은 절대적인 은둔 생활 속에서만 가능했다. 소란스러운 사교계는 허용하지 않는 길고도 평온한 명상이 필요했기 때문이다. 나는 한동안 다른 생활 방식을 취할 수밖에 없었는데, 곧 그 방식에 매우 만족하게 되어 그때 이후로는 마지못해 아주 잠시 그 생활을 중단했을 뿐, 할 수만 있으면 기꺼이 다시 그 생활로 돌아가 어려움 없이 그 방식만을 따랐다. 뒤이어 사람들이 나를 혼자 사는 처지로 내몰았을 때, 그들은 나를 비참하게 만들기 위해 격리시켰지만 나는 그들이 나의 행복을 위해 나 자신이 할 수 있는 것 이상을 해주었음을 알았다.

나는 이 일에, 이 일이 중요하고 또 필요하다고 느꼈던 만큼 열정을 가지고 몰두했다. 당시 나는 고대의 철학자들과 별로 닮지 않은 현대의 철학자들*과 함께 살고 있었다. 그들은 내 의심을 걷어내거나 내 우유부단함을 잡아주기는커녕, 꼭 알아야 할 것들에 대해 내가 가졌다고 믿는 확신을 모두 뒤흔들어놓았다. 왜냐하면 열렬한 무신론 전도사이자 매우 오만한 독단론자인 그들은 그 무엇에 대해서건 누군가 감히 그들과 다르게 생각할 수도 있다는 사실을 화내지 않고 너그럽게 받아들이지 못했기 때문이다. 나는 논쟁을 싫어하고 또 논쟁에는 재주가 거의 없어서 자주 정말 나약하게 자기방어를 했지만 그들의 따분한 학설을 따른 일은 결코 없으며, 편협한데다 나름의 속셈이 있는 사람들에게 이 정도의 저항은 그들의 적대감을 북돋우는 사소한 원인도 되지 못했다.

그들은 나를 납득시키지 못한 대신 불안하게 만들었다. 그들이 내세운 논거는 나를 전혀 설득하지 못하고 뒤흔들어놓기만 했다. 나는 그

---

* 당시 과학과 지식의 진보를 믿은 계몽사상가들은 스스로를 '철학자(philosophe)'라고 불렀는데, 루소는 이들이 고대 그리스의 철학자와 다르다는 점을 언급하고 있다. 특히 유물론에 근거하여 무신론을 주장한 디드로, 그림, 돌바크 등을 가리킨다.

논거에 대한 적합한 답을 찾아내지는 못했지만 분명 답이 있다는 것을 느꼈다. 나는 나 자신의 잘못보다는 어리석음을 탓했으며, 내 이성보다는 마음이 그들에게 더 잘 응답했다.

마침내 나는 이렇게 생각했다. 사람들이 믿게 하기 위해 저토록 열성적으로 설파하는 견해가 정말 자신들의 것인지조차 확신하지 못하는 저 능변가들의 궤변에 내가 영원히 휘둘리도록 가만히 있을 것인가? 그들의 학설을 지배하는 정념과 이런저런 것을 믿게 만들려는 사리사욕이 그들 자신이 무엇을 믿고 있는지조차 파악하지 못하게 만든다. 그들 당파의 수장들에게서는 진정성을 찾아볼 수 있을까? 그들의 철학은 다른 사람들을 위한 것이다. 내게는 나를 위한 철학이 필요하다. 내 남은 생을 위한 행동 규율을 갖기 위해 아직 시간이 있을 때 온 힘을 기울여 그것을 찾도록 하자. 지금 나는 완숙기에, 이해력이 최대한 무르익은 시기에 이르렀다. 아니, 벌써 노년기로 접어들고 있다. 더 기다린다면 뒤늦게 생각만 하다가 힘을 다 써보지도 못하고 나의 지적 능력 또한 활동력을 잃게 될 것이며, 지금은 최선을 다해 할 수 있는 일도 그때는 제대로 하지 못하게 될 것이다. 이 유리한 시기를 붙잡자. 나의 외적이고 물질적인 혁신의 시기이지만, 또한 지적이고 정신적인 혁신의 시기도 되어야 한다. 이번에야말로 나의 생각과 원칙을 확정하자. 그리고 남은 생애 동안 충분히 생각한 다음 마땅히 그래야 한다고 여기게 될 그런 내가 되자.

나는 이 계획을 천천히 다양한 시도를 거듭하면서 내가 할 수 있는 모든 노력과 주의를 기울여 실천에 옮겼다. 내 남은 날들의 안식과 내 운명 전체가 이 계획에 달려 있음을 나는 절실히 느끼고 있었다. 처음에는 많은 곤경과 난관, 반론과 굴곡, 어둠의 미로에 빠져 모든 것을 포기할 생각을 수십 번도 더 한 끝에, 헛된 탐구를 단념하고 그토록 판별해내기 힘든 원칙들 속에서 더는 규율을 찾지 않고 깊은 사색 속에서 보편적인 신중함의 규율들을 그대로 따를 참이었다. 그러나 그런 신중함 자체가 내게 너무 낯설고 그것을 얻는 일이 내게는 그다지 적합하지도 않게 느껴져, 그것을 지침으로 삼는 일이 바다의 폭풍 속에서 키도 나침반도 없이 거의 접근할 수도 없고 내게 어떤 항구도 가리켜주지 않는 등대를 찾으려 드는 것과 다를 바 없었다.

그러나 나는 끝끝내 결심을 굽히지 않았고 내 생애 처음으로 용기를 냈다. 이 성공에 힘입어, 그때 이후로 조금도 눈치채지 못하게 나를 휘감아오던 그 무서운 운명을 견뎌낼 수 있었다. 일찍이 인간이 했을 법한 가장 열성적이고 진지한 탐구 끝에 나는 내가 가져야 했던 모든 생각에 대해 내 평생을 건 결정을 내렸으며, 설령 내가 얻은 결과에서 오류가 있을지라도 적어도 그 오류가 내가 저지른 잘못일 수는 없다고 확신한다. 왜냐하면 나는 잘못을 저지르지 않기 위해 모든 노력을 다했기 때문이다. 사실 어린 시절의 편견과 내 마음의 은밀한 소망이 내게 가장 위안이 되는 쪽으로 저울을 기울게 했을지도 모른다는 짐작은 분명 나도 했다. 열렬히 욕망하는 바를 믿지 않기란 매우 어려운 일로, 대부분의 사람들은 사후 신이 내리는 내세의 심판을 받아들일지 거부할지에 대한 관심으로 자신의 희망을 믿을지 아니면 두려움을 믿을지를 결정한다는 사실을 누가 의심하겠는가? 이 모든 것이 나의 판단을 현혹할 수 있었다는 점은 인정하지만, 내 진심을 변질시킬 수는 없었다. 나는 매사에 내 생각이 잘못되지 않았을까 염려했으니 말이다. 만약 모든 것이 삶의 활용에 달려 있다면, 아직 시간이 있는 동안 내가 하기 나름인 그 활용을 어쨌든 최대한 잘하기 위해 그리고 완전히 속지는 않기 위해 반드시 그 활용법을 알아야 했다. 그러나 내 성향으로 볼 때 내가 세상에서 가장 두려워해야 했던 것은, 내게는 결코 대단해 보인 적이 없는 이 세속적인 행복을 누리기 위해 내 영혼의 영원한 운명을 위태롭게 하는 일이었다.

나를 당황하게 했을 뿐만 아니라 우리 철학자들이 귀에 못이 박히도록 자주 말했던, 그 모든 어려운 문제를 언제나 나 자신이 만족할 만큼 해결하지 못했다는 점 또한 인정한다. 인간의 지성이 거의 장악하지 못한 문제들에 관해 마침내 결론을 내기로 결심했지만, 나는 사방에서 불가해한 수수께끼들과 해결할 수 없는 반론들을 발견하고는 각각의 문제에서 내가 해결할 수도 없고 반대 체계 속에서 그에 못지않게 강력한 다른 반론들에 반박당하던 반론에는 신경쓰지 않고, 최대한 직접적으로 확립되어 그 자체로 가장 믿음직해 보이는 의견을 채택했다. 이런 문제들에 대한 독단적인 어조는 협잡꾼들에게나 어울리며, 자기 자신을 위해 어떤 의견을 갖고 될 수 있는 한 최대로 성숙한 판단력을 발휘해 의견을 선택하는 일이 중요하다. 그럼에도 불구하고 오류에 빠진다면, 그것은 우리 탓이 아니니 당연히 그에 대한 벌도 받을 수 없다. 이상이 나를 안심하게 해주는 확고한 원칙이다.

내 고된 탐구의 결과는 내가 그후로 「사부아 보좌신부의 신앙고백」에 기록해둔 내용과 거의 같다. 이 작품은 지금 세대에서는 부당하게 명예를 훼손당하고 더럽혀졌지만, 언젠가 사람들에게서 양식과 진실이 되살아난다면 혁명을 몰고 올 수도 있는 작품이다.*

그때 이후로 매우 오랜 심사숙고 끝에 채택한 원칙 속에 안주한 나는 내가 해결할 수 없었던 반론이나 예측하지 못했지만 이후 새롭게 가끔 머리에 떠오르곤 하던 반론에 더이상 불안해하지 않고, 그 원칙을 나의 행동과 신앙의 확고부동한 규율로 삼았다. 반론들이 때때로 나를 불안하게 했지만 결코 나를 뒤흔들지는 못했다. 나는 늘 이렇게 생각했다. 내 이성이 채택하고 내 마음이 확인했으며 정념들의 침묵 속에서 확실한 내적 동의의 보증을 받은 근본 원칙들에 비하면, 이 모두가 조금도 진중하지 않은 궤변이거나 형이상학적으로 미묘한 문제들에 불과하다. 인간의 이해력을 넘어서는 문제들에서 내가 해결하지 못하는 그 어떤 반론이, 그토록 많이 생각하고 정성을 들여 충분히 연결되게 잘 가다듬은 단단한 이론 체계를, 내 이성과, 내 마음과, 내 온 존재에 너무나 잘 들어맞을 뿐만 아니라 다른 모든 이론에는 없다고 느껴지는 내적 동의로 한층 강화된 그 이론 체계 전체를 뒤엎을 수 있겠는가? 아니다. 내 불멸의 본성과 이 세상의 구성과 세상을 지배하는 자연 질서 사이의 일치, 내가 간파한 그 일치를 쓸데없는 논증들이 깨뜨리는 일은 결코 없을 것이다. 나는 자연 질서에 상응하며 그 체계가 내 탐구의 결과인 도덕 질서 속에서 내 비참한 삶을 지탱하는 데 필요한 버팀목들을 발견한다. 전혀 다른 체계 속에서라면 나는 속수무책으로 살다가 희망 없이 죽어갈 것이다. 피조물들 가운데서도 가장 불행해질 것이다. 그러니 세상 사람들이나 내 불운에도 아랑곳하지 않고, 나를

---

* 『에밀』에 포함된 이 글에서 루소는 개인의 양심과 이성에 기초를 둔 신앙심을 강조했는데, 이것이 계시종교인 기독교에 대한 위협으로 간주되어 당시 교회와 당국은 『에밀』에 금서령을 내렸다.

행복하게 해주기에 충분한 이 유일한 체계에 만족하도록 하자.

깊은 생각 끝에 이끌어낸 이러한 결론이야말로 나를 기다리는 운명에 대비하고, 견뎌낼 수 있도록 저 하늘이 내게 미리 암시해둔 것 같지 않은가? 만일 내게 나를 박해하는 무자비한 사람들을 피할 은신처도 없고, 그들이 내게 퍼부은 치욕에 대한 보상도 없이, 또 마땅히 내게 돌아와야 할 공정한 심판을 받을 수 있다는 희망도 없이, 일찍이 땅 위에서 어느 인간도 겪어보지 못한 가장 끔찍한 처지로 완전히 내몰렸더라면, 나를 기다리던 지독한 번민 속에서, 내 남은 생애 동안 내가 처하게 될 믿을 수 없는 상황 속에서, 나는 과연 어떻게 되었을 것이며 앞으로는 또 어찌될 것인가? 결백하기에 평온한 마음으로 사람들의 존경과 호의만을 기대하는 사이, 개방적이고 남을 잘 믿는 내 마음이 친구들이나 형제들과 어울려 마음껏 표출되는 사이, 배신자들은 말없이 지옥 밑바닥에서 짜낸 그물로 나를 옭아매고 있었다. 자존심 강한 내 영혼은 전혀 예상치 못한 더없이 무서운 불행에 기습당하고, 누가 왜 그러는지도 모르는 채 진창 속으로 끌려들어가 치욕의 심연에 빠져 불길한 대상들밖에 보이지 않는 끔찍한 어둠에 둘러싸였다. 그 첫 기습에 얼이 빠져, 나락으로 떨어질 경우 다시 일어나기 위해 필요한 힘을 미리 마련해두지 않았다면, 이런 종류의 예기치 못한 불행이 몰아넣은 좌절에서 도저히 헤어나올 수 없었을 것이다.

마침내 다시 정신을 차리고 스스로 반성하기 시작해, 역경에 대비해 마련해둔 방책들의 가치를 깨달은 때는 여러 해 동안 마음의 동요를 겪고 난 뒤였다. 반드시 판단해야 할 세상사에 대해 결단을 내린 나는 나의 규율을 내 상황에 비춰보면서, 내가 사람들의 몰상식한 판단이나

이 짧은 생의 사소한 사건들에 대해 실제보다 훨씬 더 큰 중요성을 부여하고 있다는 사실을 알게 되었다. 이승의 삶이란 시련의 연속일 뿐이어서 그 시련이 목표하는 결과만 얻을 수 있다면 시련의 종류는 중요하지 않으며, 시련이 크고 강력하고 많아질수록 시련을 감당할 줄 알게 되는 게 오히려 이득이 된다는 사실을. 갖가지 극심한 고통도 그것이 가져다주는 확실하고도 대단한 보상을 아는 사람에게는 제 힘을 잃고 만다. 이 보상에 대한 확신이야말로 내가 이전의 성찰에서 끌어낸 주요한 성과였다.

나를 사방에서 압박해오는 무수한 치욕과 도가 지나친 모욕 속에서, 사이사이 몰려드는 불안과 의혹이 나의 희망을 뒤흔들고 평온을 깨뜨린 것은 사실이다. 그럴 때면 내가 해결할 수 없었던 강력한 반론들이 더욱 강렬하게 머리에 떠올라 운명의 무게에 눌려 좌절하기 직전인 나를 완전히 쓰러뜨릴 지경이 되곤 했다. 내가 들은 새로운 논거들이 이미 나를 괴롭히고 있는 논거들을 뒷받침하기 위해 머리에 다시 떠오르는 일도 종종 있었다. 그럴 때면 숨이 막힐 듯 가슴이 죄어들어 이렇게 중얼거렸다. 아! 나의 운명에 진저리를 치면서, 내 이성이 제공하는 위안 속에서 볼 수 있는 게 이제 망상뿐이라면, 또 자기가 해놓은 일을 스스로 망가뜨리는 이성이 역경에 처한 나를 위해 마련해준 희망과 확신의 버팀목을 제 손으로 뒤집어버린다면, 도대체 누가 나를 절망에 빠지지 않도록 보호해줄 것인가? 세상에서 나 하나만 달래주는 환상들이 무슨 버팀목이 되어줄 것인가? 지금 세대는 하나같이 나 스스로 갖게 된 생각들 속에서는 오로지 오류와 편견만을 보고, 내 것과 반대되는 체계 속에서는 진리와 명증성을 발견한다. 그리하여 내가 나의 체계를 진심으로 채택하고 있다는 사실조차 믿을 수 없는 듯한데, 전적으로 내 의지에 따라 그 체계에 몰두하는 나 자신도 내가 해결하지 못할 것이면서도 끝끝내 붙들고 있는 극복할 수 없는 난관들을 그 속에서 발견한다. 그렇다면 사람들 가운데 유독 나 혼자만 현명하고 식견을 갖췄단 말인가? 상황이 이렇다고 믿기 위해서는 그것이 내게 유리하다는 것으로 충분한가? 나머지 다른 사람들이 보기에는 전혀 견고하지 않은 외관, 내 마음이 이성을 지지하지 않는다면 내게도 환상에 지나지 않을 외관을 신뢰할 수 있는가? 나를 박해하는 사람들을 물리치기 위한 행동은 하지 않고 그들이 하는 공격의 먹잇감이 된 채 내 규율이 빚어낸 망상에 머물러 있기보다는, 그들의 규율을 채택해 같은 무기로 그들과 싸우는 편이 낫지 않았겠는가? 나는 현자를 자처하면서 헛된 오류에 속은 자, 희생자, 순교자에 불과하다.

이러한 의혹과 불신의 순간마다 나는 몇 번이고 나 자신을 절망 속에 던져버리려 했다. 만약 이전에 내가 그런 상태로 꼬박 한 달을 지냈더라면, 내 인생도 나 자신도 끝장나버렸을 것이다. 예전에는 이런 위기가 꽤 잦았지만 늘 짧게 지나갔고, 아직도 완전히 위기에서 벗어나진 못했지만 지금은 아주 드물어지고 그마저 빨리 지나가기에 나의 평온을 깨뜨릴 힘이 없다. 이제 그것은 강물에 떨어져도 물의 흐름을 바꾸지 못하는 새털만큼이나 내 영혼에 영향을 미치지 못하는 가벼운 불안이다. 앞서 결단을 내렸던 사실들을 다시 검토하는 일은, 내가 탐구하던 당시보다 새로운 지식이나 그때보다 더 성숙한 판단력 또는 진리에 대한 보다 강렬한 열의가 자신에게 있다고 가정하는 것이리라. 이 중 어떤 경우도 내게 해당되지 않고 내 경우가 될 수도 없기에 내가 혈

기왕성하던 나이에 완전히 성숙한 정신으로 최대한 심사숙고한 끝에, 그리고 진리를 알고자 하는 관심 이외에 다른 대단한 관심을 내게 남겨주지 않은 조용한 생활을 하던 때에 채택한 의견들을 버리고 절망에 압박당하는 나를 유혹하여 더 불행하게 만들 뿐인 의견들을 선택할 수는 없음을 깨달았다. 비탄으로 심장이 죄어들고, 걱정으로 영혼이 쇠약해지고, 상상력은 겁에 질리고, 나를 에워싼 그 많은 끔찍한 의혹들로 머릿속은 혼란스럽고, 나이 먹고 불안으로 약해진 내 모든 기능이 기력을 완전히 잃어버린 오늘에 와서 내가 마련해왔던 온갖 방책을 함부로 버리고, 마땅히 그럴 이유도 없이 겪고 있는 불행을 보상해줄 나의 온전하고 기운찬 이성보다 부당하게도 나를 불행에 빠뜨릴 쇠약해진 이성을 더 신뢰할 것인가? 아니다. 지금 나는 이런 중요한 문제들에 대해 결단을 내렸을 때보다 더 현명하지도 더 유식하지도 더 신념이 강해지지도 않았고, 오늘날 나를 혼란에 빠뜨리는 어려운 문제들을 그때도 알고 있었으며 그것들이 나를 가로막지도 않았다. 설령 아직 아무도 생각해내지 못한 어떤 새로운 난제들이 나타난다 하더라도, 그것은 모든 시대에 모든 현자에게 받아들여지고 모든 국가의 인정을 받아 지워질 수 없는 글자로 인간의 마음에 새겨진 영원한 진리들을 뒤흔들어놓을 수 없는 교묘한 형이상학적 궤변일 뿐이다. 이러한 문제들에 관해 깊이 생각해본 나는 감각의 제한을 받는 인간의 오성이 그것들을 전체적으로 파악할 수 없음을 알았다. 따라서 나는 내 능력을 넘어서는 것에는 관여하지 않고 내 능력이 닿는 것에 만족하기로 했다. 이러한 결심은 합리적인 것이어서, 일찍이 그것을 선택하고 내 마음과 이성의 동의 아래 그 결심을 충실히 따랐다. 내가 이 결심을 붙들고 있어야 할 강력한 동기가 이토록 많은 오늘날에 와서 이를 단념할 이유가 무엇이겠는가? 그 결심을 따르는 데 무슨 위험이 보이는가? 그것을 버리는 데서 무슨 이득이 있는가? 나를 박해하는 자들의 학설을 취한다고 해서 내가 그들의 도덕 또한 취하게 될 것인가? 그들이 책이나 무대 위에서 거창하게 설명했으나 마음에도 이성에도 결코 파고들지 못하는 뿌리도 열매도 없는 도덕을, 또는 그 입문자들에게 내재화된 교리로서 그들 자신은 행동하는 데 있어 유일하게 따르는 것이지만 나에 대해서는 그렇듯 교묘하게 실천했던 은밀하고도 잔인한 도덕, 이전의 도덕이 그 가면 구실을 할 뿐인 또다른 도덕을 말이다. 이러한 도덕은 순전히 공격적이어서 방어에는 아무 소용이 없고 공격에만 적합하다. 그들이 몰아넣은 지금의 내 처지에서 이런 도덕이 내게 무슨 쓸모가 있겠는가? 내 결백만이 불행 속에서 나를 지탱해주고 있는데, 만일 내가 이 유일하지만 강력한 방책을 버리고 대신 악의를 취한다면 나는 얼마나 더 불행해질 것인가? 남을 해치는 기술에서 내가 그들에게 필적할 수 있을까, 그리고 설령 성공한들 내가 그들에게 줄 수 있는 고통이 내게서 어떤 고통을 덜어줄 것인가? 나는 자존감만 잃을 뿐 아무것도 대신 얻지 못할 것이다.

이런 식으로 나는 나 자신과 이치를 따져가면서 잘 속게 되는 논거나 풀지 못할 반론, 또 내 힘에 부칠 뿐만 아니라 어쩌면 인간 정신의 능력을 넘어설 어려운 문제들로 인해 내 원칙들에서 더이상 동요되지 않는 단계에 도달했다. 내가 내줄 수 있는 가장 견고한 자리를 차지하고 있던 내 정신은 양심의 피난처에 안주하는 데 매우 익숙해졌기 때문에, 오래된 것이거나 새로운 것이거나 어떤 이상한 학설도 이제는 내 정신을 움직일 수도, 내 안정을 잠시나마 어지럽힐 수도 없다. 정신이 무기력해지고 둔해진 나는 나 자신의 신념과 규율의 토대로 삼았던 추론마저 잊어버렸지만, 양심과 이성의 동의 아래 거기서 끌어낸 결론만은 결코 잊지 않을 것이며 지금은 이를 충실히 이행하고 있다. 철학자들이여, 누구든 트집을 잡으러 올 테면 오라, 시간을 낭비하고 헛수고만 하게 되리라. 남은 생애 동안 나는 어떤 일에서든 내가 보다 나은 선택을 할 수 있었던 시기에 정한 나의 방침들을 지켜나갈 것이다.

이런 기분으로 평온해진 나는 나 자신에 대한 만족과 더불어 내 상황에 필요한 희망과 위안을 찾았다. 이 정도로 완벽하고 지속적이며 그 자체로는 슬픈 고독, 현세대 모두가 품고 있는 여전히 두드러지고 여전히 강력한 증오, 끊임없이 나를 압박해오는 그들의 모욕이 이따금 나를 낙담에 빠뜨리지 않기란 불가능하다. 흔들리는 희망, 맥빠지게 하는 의혹이 되살아나 아직도 간혹 내 영혼에 혼란을 일으키고 슬픔으로 가득 채운다. 바로 그런 때가 스스로를 안심시키는 데 필요한 정신활동을 할 수 없어 나의 옛 결심을 환기시킬 필요가 있는 때인데, 그렇게 하면 세심한 주의와 관심과 그 결심을 할 때 가졌던 성실함이 기억에 되살아나 내 자신감을 모두 회복시켜준다. 그리하여 나는 거짓 외관밖에 없어 내 안정을 어지럽힐 뿐인 파국을 초래할 오류들을 거부하듯, 모든 새로운 사상을 물리친다.

이처럼 내 옛 지식의 좁은 영역 안에 붙들려 있기에, 나는 솔론처럼 늙어가면서 날마다 배울 수 있는 행복을 갖지 못할 뿐만 아니라, 심지어 앞으로 내가 제대로 알 수도 없는 것을 배우겠다는 위험한 자만심을 경계해야만 한다. 그러나 유용한 지식에 관해서는 얻고 싶은 것이

별로 없다 하더라도, 내 처지에 필요한 미덕에 관해서는 얻어야 하는 매우 중요한 것들이 남아 있다. 이 점에서 내 영혼이 내 자신을 가리고 눈멀게 하는 육체에서 해방되어 베일이 벗겨진 진리를 보고, 우리의 가짜 학자들이 우쭐해하는 온갖 지식의 보잘것없음을 알아차리게 될 때, 그때야말로 내 영혼이 지니고 갈 지식으로 자신을 풍요롭게 하고 장식할 시기가 될 것이다. 내 영혼은 그 보잘것없는 지식을 얻으려고 이승의 삶에서 허비한 시간을 두고 탄식할 것이다. 그러나 인내심, 온정, 체념, 청렴결백, 공정함은 몸에 지니고 가는 재산으로, 심지어 죽음이 그 가치를 떨어뜨릴까 염려하지 않고 계속 더 풍부하게 만들 수 있는 재산이다. 바로 이 유일하고도 유익한 연구에 내 남은 노년을 바치겠다. 만일 내가 스스로 발전하여 인생에 들어섰을 때보다 더 훌륭하지는 않더라도, 이는 가능하지 않으니까, 더 높은 덕을 갖추고 인생에서 나가는 법을 배운다면 참으로 다행한 일이다.

네번째 산책

내가 지금도 가끔 읽는 얼마 되지 않는 책들 가운데 플루타르코스의 저서는 나를 사로잡는 가장 유익한 책이다. 내 어린 시절의 첫 애독서였고 노년의 마지막 애독서가 될 것이다. 그는 읽을 때마다 어떤 성과라도 얻어냈던 거의 유일한 저자이다. 그저께는 그가 쓴 도덕에 관한 저작들 가운데 「적들을 어떻게 이용할 것인가」라는 글을 읽고 있었다. 같은 날 나는 저술가들이 보내온 몇 권의 소책자를 정리하다가 로지에 신부의 정기간행물 하나에 눈이 갔는데, '진리에 일생을 바치는 이에게,*

* Vitam vero impendenti. 로마의 풍자시인 유베날리스의 글귀를 인용한 것으로, 루소가 좌우명으로 썼던 문구다. 1764년 볼테르가 풍자문 「시민들의 견해」를 써서 루소가 자식들을 버렸다는 사실을 폭로한 뒤, 루소는 자신에 대한 비난 여론에 매우 민감해져 있었다.

로지에'라는 제목이었다. 거기에 속아넘어가기에는 이런 분들의 말투를 익히 알고 있던 나는, 그가 이런 예의바른 표현 뒤에 내게 가혹한 역설을 던지려는 생각이었음을 알아챘다. 하지만 무슨 근거로? 왜 이런 빈정거림을? 그럴 만한 어떤 동기를 내가 제공했단 말인가? 훌륭한 플루타르코스의 교훈을 활용하기 위해 나는 다음날 산책하며 거짓말과 관련하여 나 자신을 검토해보기로 결심했고, 그 결과 델포이 신전의 '너 자신을 알라'라는 신탁이 내가 『고백록』에서 생각했던 바와 달리 따르기 쉬운 격언은 아니라는, 이미 품고 있던 생각이 더욱 굳어졌다.

다음날 이 결심을 실행에 옮기기 위해 산책에 나섰다. 명상을 시작하면서 떠오른 첫번째 생각은 어릴 때 했던 끔찍한 거짓말*에 관한 것이었다. 평생 나를 괴롭혔고 늙어서까지도 이미 많은 다른 가식들로 비탄에 빠져 있는 내 마음을 몹시 슬프게 하는 기억이다. 그 자체로도 큰 죄였던 이 거짓말은 그것이 초래한 결과 때문에 훨씬 더 큰 죄가 되었음이 틀림없다. 나는 그 결과에 대해서는 알지 못했지만, 당시 느꼈던 후회로 미루어 굉장히 잔인했을 것이라 추측된다. 그렇지만 내가 그 거짓말을 했던 심정만을 고려한다면 창피해서 그랬을 뿐 그것에 희생된 여자를 해칠 의도는 전혀 없었다. 창피함을 이기지 못해 거짓말을 하게 된 바로 그 순간 나는 거짓말의 여파가 나 하나에게만 미칠 수 있다면 기꺼이 내 몸속 피 전부를 내놓았을 거라고 하늘에 맹세할 수 있다. 그것은 일종의 착란 상태로, 나 자신이 그렇게 느낀다고 믿듯, 그 순간 내 소심한 성격이 마음속으로 바라는 모든 소원을 제압해버린

* 1728년 루소가 토리노의 베르첼리스 부인 집에서 하인으로 일하며, 여주인의 리본을 훔치고 하녀인 마리옹에게 누명을 씌운 일을 말한다.

거라고 설명할 수밖에 없다.

그 불미스러운 행동에 대한 기억과 그것이 남긴 억누를 수 없는 후회는 내게 거짓말에 대한 두려움을 불러일으켰지만, 이 두려움이 남은 생애 동안 그 악덕으로부터 내 마음을 지켜준 것은 틀림없는 사실이다. 좌우명을 정했을 때 나는 내가 그 좌우명에 합당한 사람이라 느꼈었고, 로지에 신부의 글을 보고 더욱 진지한 반성을 시작했을 때에도 그렇다고 생각했다.

그런데 나 자신을 더욱 세심하게 검토하면서, 내가 기억하기에 진실이라고 말했던 많은 일들이 나의 창작물이라는 사실에 매우 놀랐다. 그 시절에 나는 진실에 대한 나의 사랑에 자부심을 느끼며 그것을 위해, 내가 알기로는 유례가 없는 공정함을 가지고 나의 안전과 이득, 그리고 나 자신을 희생시켰다.

가장 놀라운 사실은 그런 날조한 것들을 상기하면서도 내가 전혀 진정으로 뉘우치지 않았다는 점이다. 마음속으로는 그 무엇보다도 거짓을 강하게 혐오하는 내가, 거짓말로 고통을 피해야 할 때에도 차라리 그 고통을 무릅쓰고 마는 내가, 무슨 엉뚱한 자가당착으로 필요하지도 않고 이득도 없는 그런 거짓말을 고의로 했단 말인가? 한 가지 거짓말로 오십 년을 줄곧 괴로워한 내가, 무슨 이해할 수 없는 모순으로 그 일을 조금도 후회하지 않았단 말인가? 나는 내 잘못에 무감각했던 적이 결코 없다. 도덕적인 본능이 늘 나를 제대로 이끌어주었고 내 양심은 본래의 청렴결백을 간직해왔으니, 설령 그 양심이 나의 이득에 굴복해 변질되었다 하더라도, 정념에 떠밀리는 인간이 자신의 나약함을 최소한의 변명으로 삼을 수 있는 경우에도 최대한 정직함을 지키려 한 내 양심이, 어떻게 악덕이 변명할 여지라곤 없는 대수롭지 않은 일에서만 유독 그 정직성을 잃게 된단 말인가? 나는 이 점과 관련하여 나 스스로에게 내려야 할 판단의 정확성이 바로 이 문제의 해결에 달려 있음을 알았고, 그 문제를 충분히 검토한 뒤 마침내 납득하게 된 과정은 다음과 같다.

어느 철학책에서 '거짓말은 표명해야 할 진실을 감추는 일이다'라는 구절을 읽은 기억이 있다. 이 정의로부터 말할 의무가 없는 진실을 말하지 않는 것은 거짓말이 아니라는 결론이 나온다. 그런데 이런 경우 진실을 말하지 않는 데 만족하지 않고 그 반대를 말하는 자는 거짓말을 하는 것인가, 하지 않는 것인가? 앞의 정의에 따른다면 거짓말을 한다고 말할 수는 없다. 왜냐하면 빚진 것이 없는 사람에게 가짜 돈을 주는 것은, 그 사람을 속이는 것은 될지 모르나 그의 돈을 훔치는 것은 아니기 때문이다.

여기서 검토해야 할 매우 중요한 두 가지 문제가 드러난다. 첫번째는 언제나 진실을 알릴 의무가 있는 것은 아니므로 언제 어떻게 진실을 남에게 말해야 하는가 하는 문제다. 두번째는 악의 없이 남을 속일 수 있는가 하는 문제다. 이 두번째 문제의 답은 매우 명백하며 나 또한 잘 알고 있다. 저자가 가장 엄정한 도덕에도 전혀 신경을 쓰지 않는 책에서는 그 답이 부정적이고, 책에 나오는 도덕이 실천하지 못할 잔소리로 여겨지는 사회에서는 긍정적이기 마련이다. 그러니 서로 앞뒤가 안 맞는 이러한 권위는 버리자. 그리고 나 자신의 원칙에 따라 나 자신을 위해 이 문제들을 풀어보자.

보편적이고 추상적인 진리야말로 모든 유익한 것들 중에서도 가장 소중한 것이다. 이 진리가 없다면 인간은 맹인이나 다름없으므로, 이는 이성의 눈이다. 바로 이 진리를 통해 인간이 처신하는 법, 마땅히 되어야 할 존재가 되는 법, 마땅히 해야 할 바를 행하는 법, 인생의 진정한 목적에 이르는 법을 배운다. 특수하고 개별적인 진리는 늘 유익한 것은 아니어서, 때로는 악이 되기도 하지만 대개는 아무래도 상관없다. 한 인간이 꼭 알아야 하고 그 지식이 행복에 필수적인 경우는 아마도 그리 많지 않겠지만, 많든 적든 그 지식은 그에게 속한, 어디 있건 그가 요구할 권리가 있는 이득이자 남에게 전달한다 하더라도 잃는 것이 아닌, 모든 사람이 공유하는 공익인 만큼, 온갖 도둑질 중에서도 가장 부정한 도둑질을 저지르지 않고는 빼앗을 수 없는 이득이다.

교육이나 실천적인 측면에서 아무런 쓸모가 없는 진리는 이득이라 할 수도 없는데, 어찌 정당하다 할 수 있겠는가? 또 소유의 토대가 유용성뿐이라면 쓸모가 전혀 있을 수 없는 곳에서는 소유란 있을 수 없다. 비록 불모지라 하더라도 적어도 땅 위에서 살 수는 있으니 어떤 땅을 요구할 수는 있다. 그러나 전적으로 어느 누구와도 상관없고, 누구에게나 사소한 쓸모없는 사실은 진짜건 가짜건 간에 누구의 관심도 끌지 못한다. 도덕의 영역에서는 자연의 영역에서와 마찬가지로 그 어떤 것도 무용하지 않다. 아무짝에도 쓸모없는 것에는 지불될 대가가 전혀 없다. 대가를 지불받기 위해서는 그것이 쓸모가 있거나 쓸모가 있을 수 있어야 한다. 이렇듯 당연한 진실이란 정의와 관련된 진실이며, 있어봤자 모두와 상관없고 알아도 소용없는 헛된 것들에다 진실이라는 이름을 붙이는 것은 그 성스러운 명칭을 더럽히는 일이다. 따라서 아무짝에도 쓸모없는, 그럴 가능성조차 없는 진실은 당연한 것일 수 없으니, 그것을 말하지 않거나 감춘다고 해서 거짓말을 하는 것은 아니다.

그러나 완전히 무익하여 아무짝에도 쓸모없는 그런 진실이 있을까? 이는 따로 논의해야 할 다른 문제로 잠시 뒤에 다시 언급할 생각이다. 지금은 두번째 문제로 넘어가자.

진실을 말하지 않는 것과 거짓을 말하는 것은 전혀 다른 것이지만 같은 효과를 낳을 수 있다. 그 효과가 전혀 없을 때는 언제나 그 결과는 반드시 같을 것이기 때문이다. 진실이 그 무엇과도 상관없는 곳이라면 어디서든 그와 반대되는 오류 또한 아무래도 상관없기 마련이다. 따라서 이 같은 경우에는 진실의 반대를 말해 남을 속이는 자가 진실을 공표하지 않음으로써 남을 속이는 자보다 더 부당하지 않다. 쓸모없는 진실에 관해서는 오류가 무지보다 더 나쁠 것이 없기 때문이다. 내가 바다 밑바닥에 있는 모래를 희다고 생각하건 붉다고 생각하건, 그것이 무슨 색인지 모르는 것과 마찬가지로 내게는 문제가 되지 않는다. 부정不正이란 남에게 해를 끼치는 한에서만 성립되는 것인 이상, 아무도 해치지 않는다면 어떻게 부정한 인간이 될 수 있겠는가?

그러나 이렇듯 간략하게 결말이 난 이 문제들은 생길 수 있는 모든 경우에 이를 정확히 적용하는 데 필요한 많은 사전事前적인 설명이 없다면, 실천을 위한 확실한 적용법을 아직은 내게 제공해줄 수 없을 것이다. 진실을 말할 의무가 오로지 진실의 유용성에만 근거를 두고 있다면, 나 자신이 어떻게 그 유용성을 판정하는 사람이 될 수 있겠는가? 한쪽의 이득이 다른 쪽에 손해가 되는 경우가 많고, 개인의 이익은 거의 언제나 공공의 이익과 맞선다. 이런 경우에는 어떻게 처신할 것인가? 지금 나와 말을 나누고 있는 상대방의 실리를 위해 그 자리에 없는 사람의 실리를 희생시켜야 하는가? 한쪽에는 이득이 되고 다른 쪽에는 해가 되는 진실에 잠자코 있어야 하는가, 말을 해야 하는가? 말해야 하는 모든 것을 오로지 공익이라는 저울에 달아야 하는가, 분배적 정의의 저울에 달아야 하는가, 그리고 내가 가진 지식을 오직 공정함이라는 기준에 따라 나눠줄 수 있을 만큼 사물의 모든 관계를 충분히 알고 있다고 스스로 자신할 수 있는가? 더욱이 남들에 대한 의무를 검토하면서 나는 나 자신에 대한 의무나 진실 자체에 대한 의무를 충분히 검토했는가? 만약 내가 남을 속이면서도 그에게 아무런 피해를 주지 않는다면 그 결과가 나 자신에게도 전혀 해를 끼치지 않는 것인가, 또 늘 결백하기 위해서는 결코 부당하지 않다는 것만으로 충분한가?

'무슨 일이 있어도 언제나 진실하자'고 마음먹으면 쉽게 빠져나올 수 있는 난처한 논쟁이 얼마나 많은가. 정의正義 자체는 만물의 이치 속에 있다. 행하거나 믿어야 하는 일의 규범에 적합하지 않은 것을 말할 때, 거짓말은 언제나 부정이고 오류는 언제나 기만이다. 진실에서 어떤 결과가 생겨나든, 진실을 말했을 때 그 속에는 자기 의견이 조금도 들어 있지 않기 때문에 언제나 비난받을 일이 없다.

그러나 이는 문제를 해결하지 않은 채 종지부를 찍는 일이다. 문제는 언제나 진실을 말하는 편이 좋을지 아닐지를 분명히 선언하는 것이 아니라, 언제나 한결같이 진실을 말해야만 한다면 내가 아니라고 가정하면서 검토한 정의에 따라 진실을 꼭 말해야 하는 경우와, 말하지 않아도 부정이 되지 않고 감춰도 거짓말이 되지 않는 경우를 구별하는 것이다. 왜냐하면 그런 경우들이 실제로 있다는 사실을 내가 알아냈기 때문이다. 따라서 문제는, 그런 경우들을 식별하고 제대로 규명할 수 있는 확실한 기준을 찾아내는 일이다.

하지만 그 기준과 그것의 무오류성에 대한 증거를 어디서 끌어낼 것인가?…… 이처럼 까다로운 모든 도덕 문제를 해결하는 데는 내 이성이 갖고 있는 지식보다는 내 양심의 명령에 따르는 편이 언제나 훨씬 더 나았다. 도덕적인 본능이 나를 속인 적은 없다. 그것은 지금까지 내가 신뢰하기에 충분할 만큼 마음속에서 순수성을 간직해왔으며, 설령 행동하는 데 있어 간혹 정념 앞에서 입을 다무는 일이 있다 하더라도 기억을 되돌려보면 정념을 다시 지배하게 된다. 바로 그때 나는 이 삶이 다하고 난 뒤 최고 심판자에게 심판을 받을 때만큼이나 엄중하게 나 자신을 심판한다.

사람들의 말을 그 결과를 보고 판단하는 경우 그 말을 제대로 평가하지 못하게 되는 수가 많다. 그 결과가 언제나 쉽게 알아볼 수 있도록 뚜렷하지도 않을 뿐만 아니라, 그 말을 할 때의 상황과 마찬가지로 결과들 또한 계속해서 달라진다. 그런데 말의 가치를 평가하고 말에 내포된 악의나 선의의 정도를 결정하는 것은 오로지 그 말을 하는 사람의 의도뿐이다. 틀린 말을 하는 것은 속이려는 의도에 의해서만 거짓말이 되는데, 그렇다고 속이려는 의도 자체가 해치려는 의도와 언제나 결부되어 있는 것은 아니어서 때때로 정반대의 목적을 지니기도 한다. 그렇지만 거짓말이 죄가 되지 않으려면 해칠 의도가 뚜렷하지 않은 것만으로는 충분치 않고, 말을 듣고 있는 사람들이 빠져든 오류가 그 사람들에게 혹은 그 누군가에게 어떤 식으로도 해가 되지 않는다는 확신이 필요하다. 이런 확신을 갖기란 드물고도 어려운 일이며, 따라서 거짓말이 완전히 결백하기도 어렵고 드문 일이다. 자신에게 유리하도록 거짓말하는 것은 사기이고, 남의 이득을 위해 거짓말하는 것은 기만이며, 해를 끼치기 위해 거짓말하는 것은 중상으로, 중상은 가장 악질적인 거짓말이다. 자신이나 남에게 이득도 손해도 끼치지 않는 거짓말은 거짓말이 아니다. 그것은 허구다.

도덕적인 목적을 가진 허구는 교훈담이나 우화라 불리며, 그 목적도 유용한 진리를 뚜렷하고 유쾌한 형식으로 포장하거나 포장해야만 하기에, 이런 경우 진리에 입힌 옷에 불과한 사실상의 거짓말을 감추려 애쓰지 않고 우화를 우화로서만 이야기하는 사람은 결코 거짓말하는 것이 아니다.

전혀 무익한 다른 허구도 있는데, 어떤 진정한 교훈도 없이 재미만을 목적으로 삼는 대부분의 콩트나 소설이 그것이다. 도덕적인 유용성이라곤 없는 이런 이야기들은 그것을 지어내는 사람의 의도에 의해서만 평가될 수 있으며, 그가 실제 사실인 것처럼 단정적으로 이야기를 늘어놓더라도 그것이 순 거짓임을 부인할 수는 없다. 그렇지만 일찍이 이 정도로 심각하게 거짓말하기를 꺼리는 자가 있었던가, 또 이런 거짓말을 하는 자들을 심각하게 비난한 자가 있었던가? 예를 들어 『그니드 신전』*에 도덕적인 목적이 있다 하더라도, 관능적인 세부 묘사나 음란한 이미지들은 그 목적을 매우 흐리거나 망쳐놓았다. 이를 정숙한 겉포장으로 덮어씌우기 위해 작가는 무슨 짓을 했는가? 그는 자기 작품이 그리스의 어느 원고를 번역한 것인 양 꾸몄고, 독자들이 그 이야

* 1725년에 발표된 몽테스키외의 작품. 본인은 부인했지만 일반적으로 그의 작품으로 여겨진다.

기를 진짜라고 믿게 만들기에 가장 적합한 방식으로 원고가 발견된 내력을 이야기했다. 이것이 명백한 거짓말이 아니라면 도대체 무엇이 거짓말인지 내게 말해달라. 그런데도 어느 누가 그 작가에게 그런 거짓말을 한 죄를 묻고 그를 사기꾼으로 취급하려 한 적이 있었던가?

누군가 그것은 농담에 불과하고, 작가가 사실이라 우겨대긴 했지만 아무도 믿게 할 생각은 없었고 또 실제로 아무도 믿게 만들지 못했다고, 그리고 그가 번역자를 자처한 그 이른바 그리스 작품의 작가가 바로 그 자신임을 독자가 한순간도 의심한 적이 없다고 말한들 소용없을 것이다. 나는 이렇게 대답하겠다. 아무런 목적도 없는 이런 농담은 어리석고 유치한 애들 장난에 불과하고, 거짓말쟁이는 설령 사람들을 믿게 만들지 못하더라도 여전히 거짓말을 하는 것이며, 진중한 작가가 성실한 태도로 이야기한 그 원고의 내력에 정말 속아넘어가, 요즘 쓰는 병에 담아 내놓았더라면 적어도 의심은 해보았을 독약이 옛 모양의 잔에 담겨 있어 두려움 없이 마셔버린 단순하고 속기 쉬운 많은 독자들을 유식한 독자들과 구별해야 한다고 말이다.

이러한 구별은 책 속에서 드러나든 드러나지 않든, 자신에게 충실하여 양심이 자신을 비난할 만한 짓은 조금도 하지 않으려는 모든 인간의 마음속에서 이루어진다. 왜냐하면 자신에게 유리하도록 거짓을 말하는 것은, 설령 죄가 덜하다 해도 남에게 해를 끼치는 거짓말을 하는 것보다 거짓말을 덜 하는 것은 아니기 때문이다. 이득을 가져서는 안 될 자에게 이득을 주는 것은 질서와 정의를 어지럽히는 일이며, 칭찬이나 비난, 혐의나 무혐의를 불러오는 행위를 사실과 다르게 자신이나 남이 한 것으로 돌리는 일은 부정을 저지르는 것이다. 그러니 진실에 어긋나는 모든 것은 어떤 방식이든 간에 정의를 해치는 거짓말이다. 이것이 정확한 경계다. 그러나 진실에 어긋나지만 정의와 전혀 관계가 없는 것은 모두 허구에 불과하므로, 순전히 꾸며낸 허구를 거짓말이라 자책하는 사람이 있다면, 그가 누구든 나보다 더 섬세한 양심을 가졌다고 인정하는 바이다.

선의의 거짓말이라 부르는 거짓말도 진짜 거짓말이다. 왜냐하면 남에게든 자신에게든 유리하게 속이는 것은 불리하게 속이는 것 못지않게 부정한 일이기 때문이다. 진실에 어긋나게 칭찬하거나 비난하는 자는 누구나 실재하는 인물이 대상이 되는 순간부터 거짓말을 하는 것이 된다. 만약 상상의 존재에 대해서라면 그가 지어낸 사실을 두고 도덕성을 판단하지 않는 한, 또 그 판단을 속여서 하지 않는 한, 하고 싶은 말을 모두 하더라도 거짓말이 되진 않는다. 그럴 경우 그는 사실과 관련해서는 거짓말을 하는 게 아니지만, 사건의 진실보다 백배는 더 존중해야 할 도덕적인 진실에 어긋나는 거짓말을 하는 것이다.

세상 사람들이 진실한 사람이라고 부르는 자들을 본 일이 있다. 그들의 진실성이란 무익한 대화에서 장소, 시간, 인물을 정확히 인용하고 절대로 허구를 말하지 않으며, 어떤 상황도 미화하지 않고 아무것도 과장하지 않는 것이 고작이다. 그들은 자신의 이해관계와 아무 상관없는 모든 일에서 그 무엇도 무너뜨릴 수 없는 충실성을 가지고 이야기한다. 그러나 자기와 상관있는 어떤 일을 논하거나 자기와 밀접하게 연관된 어떤 사실을 이야기할 때면 상황을 최대한 유리하게 보이려고 온갖 색채를 사용할 뿐만 아니라, 만일 거짓말이 유용한데 스스로 거짓말하는 것을 삼가는 이라면 교묘하게 거짓을 조장하여 자기에게 거짓의 책임을 묻지 못하게 하면서 상대방이 그 거짓말을 받아들이게끔 만든다. 그 결과, 그런 용의주도함이 바라는 대로 진실성과는 작별한다.

내가 진실하다고 말하는 이는 이와는 완전히 반대로 행동한다. 이해관계가 전혀 없는 일들에서는 다른 사람이 그토록 존중하는 진실 대부분이 그와는 상관없어서, 살아 있든 죽었든 그 누구에게도 유리하거나 불리하게 부당한 판단이 생겨나지 않을 꾸며낸 이야기로 결코 주저 없이 좌중을 즐겁게 해줄 것이다. 그러나 정의와 진실을 거슬러 누군가에게 이득이나 손해, 존경이나 멸시, 칭찬이나 비난을 가져올 이야기라면 어떤 것이든 거짓으로는 그의 마음에도 입에도 펜에도 결코 근접하지 못한다. 그는 무익한 대화에서는 자신의 진실성을 뽐내는 일이 없지만, 이해관계가 있을 때는 자신의 이익을 거스르면서까지도 흔들림 없이 진실하다. 아무도 속이려 들지 않는다는 점에서, 자신의 명예를 드높이는 진실에도 자기를 비난하는 진실에도 똑같이 충실하다는 점에서, 자신의 이득을 위해서나 적에게 해를 끼치기 위해서나 결코 아무도 속이지 않는다는 점에서 그는 진실하다. 그러므로 내가 말하는 진실한 인간과 다른 사람들이 말하는 진실한 인간의 차이는, 세상이 말하는 진실한 사람은 자신에게 고통을 주지 않는 모든 진실에는 엄격히 충실하지만 거기서 벗어나면 그렇지 못한 데 비해, 내가 말하는 진실한 사람은 진실을 위해 목숨을 바쳐야 할 때에만 매우 충실하게 진실을 받드는 사람이다.

하지만 사람들은 이렇게 말할 것이다. 내가 예찬한 그 사람이 가진 진실에 대한 열렬한 사랑과 이런 안이함을 어떻게 조화시킬 수 있는가? 이 사랑이 그토록 많은 불순물을 허용한다면 그것은 가짜가 아닌가? 그렇지 않다. 이 사랑은 순수하고 진실하다. 다만 정의에 대해 발현된 사랑이어서 종종 전설처럼 허황되기는 해도 결코 거짓으로 지어낸 것은 아니다. 정의와 진실은 그의 머릿속에서 구별 없이 뒤섞인 두 개의 동의어다. 그의 마음이 숭배하는 거룩한 진실은 아무래도 상관없는 사실이나 쓸모없는 이름에 있는 것이 아니라, 누구든 진짜 자신의 상황에서 자신에게 좋게 책임이 전가되든 나쁘게 전가되든 또 보상으로 명예나 비난, 칭찬이나 반박 어느 것이 주어지든, 마땅히 자신이 돌려받아야 할 것을 정직하게 말하는 데 있다. 그의 공정함이 자신을 금하여 남에게 부당하게 해를 끼칠 생각이 없는 만큼 그는 남에게 거짓되지 않으며, 또 그의 양심이 금하여 자기 것이 아닌 것을 가로채지 못하는 이상 자신에게도 거짓되지 않다. 그는 무엇보다도 자존감을 소중히 여긴다. 자존감은 그에게 없어서는 안 될 자산으로, 이 자산을 희생시키고 남의 존경을 얻는다면 실질적으로는 손실로 느껴질 것이다. 따라서 그는 가끔 아무래도 상관없는 일에서는 주저 없이 또 의식하지 못하고 거짓말을 하겠지만, 남이나 자신의 손해나 이득을 위해서는 절대 거짓을 말하지 않는다. 모든 역사적 진실과 사람들의 행위와 정의, 사회성, 유용한 지식에 관해서는 자신의 힘이 닿는 한 자기 자신과 남들을 오류로부터 보호할 것이다. 그에 따르면 이를 제외한 거짓말은 모두 거짓말이 아니다. 만일 『그니드 신전』이 유익한 작품이라면, 그리스어 원고의 이야기는 죄가 되지 않는 허구에 불과하다. 하지만 이 작품이 위험한 것이라면, 이 이야기는 벌을 받아 마땅한 거짓말이 된다.

거짓말과 진실에 관한 내 양심의 기준은 이랬다. 내 마음은 이성이 이러한 기준들을 채택하기 전에 무의식적으로 이를 따랐으며, 도덕적 본능만으로 그것을 적용했다. 가엾은 마리옹을 희생시킨 그 죄 많은 거짓말은 내게 지울 수 없는 후회를 남겨, 그후의 여생 동안 이런 유의 온갖 거짓말뿐만 아니라 어떤 식으로든 남의 이해관계나 평판과 관련될 수 있는 모든 거짓말로부터 나를 지켜주었다. 이렇듯 거짓말을 전적으로 배제함으로써, 나는 이득과 손해를 정확히 가늠해보거나 해로운 거짓말과 선의의 거짓말 간의 경계를 뚜렷이 정하지 않아도 되었다. 두 경우를 모두 유죄로 간주해 스스로 금했기 때문이다.

모든 면에서 그렇듯이 이 점에서도 내 기질이 내가 정한 규범에, 아니 더 정확히 말해 나의 생활 습관에 많은 영향을 미쳤다. 왜냐하면 규칙대로 행동한 적이 없기 때문에, 아니 그보다도 매사에 타고난 내 기질의 충동 말고는 다른 규칙을 따른 적이 없기 때문이다. 미리 구상한 거짓말이 내 사고에 근접한 일도, 내 이해관계 때문에 거짓말을 한 일도 결코 없었다. 그러나 대수롭지 않은 일이나 기껏해야 나하고만 관련된 그런 일에서는 부끄럼 탓에 궁지에서 벗어나기 위해 거짓말을 한 일이 종종 있었다. 그때는 대화를 이어가야 하는데 생각은 느리고 화제도 빈곤하여 무슨 말이라도 하려면 지어낸 허구에라도 의존할 수밖에 없었다. 말은 꼭 해야겠고 재미있는 사실들이 머리에 얼른 떠오르지 않을 때, 입을 다문 채 가만히 있지 않으려고 꾸며낸 이야기를 늘어놓게 되는 것이다. 하지만 그렇게 이야기들을 꾸며낼 때 나는 할 수 있는 한 그것이 거짓말이 되지 않도록, 다시 말해 정의와 당연한 진실을 해치지 않도록, 또 나뿐만 아니라 모두에게 아무 상관없는 허구에 불과한 것이 되도록 주의한다. 사실의 진실이 아니라면 적어도 도덕적 진실이라도 말하겠다는 것이 내 바람이다. 말하자면 그 이야기에서 인간의 타고난 마음속 애정을 표현하고 그로부터 언제나 어떤 유익한 교훈을 끌어내겠다는 것, 한마디로 그 이야기를 도덕적인 콩트, 교훈적인 우화로 만들겠다는 것이다. 하지만 수다스러운 대화를 교훈으로 이용하는 법을 알려면 내가 가진 것보다 더 많은 기지가 있어야 하고 말주변도 더 좋아야 할 것이다. 내 생각보다 더 빠르게 진행되는 대화 속도 탓에 거의 언제나 생각하기 전에 말하게 되고, 입에서 말이 새어나올 때마다 내 이성도 찬성하지 않고 내 마음도 인정하지 못하는 바보 같고 어리석은 말들을 머리에 떠올리는 일이 종종 있기는 하지만, 나 자신의 판단력에 앞서는 이런 말들은 이미 판단력의 검열을 통해 고쳐질 수 있는 것이 아니었다.

예기치 못한 다급한 순간에 부끄러움과 소심함 탓에 종종 내 의지와 상관없이 즉시 답해야 해서, 말하자면 의지에 앞서는 거짓말이 튀어나오는 일 또한 억제할 수 없는 내 기질의 충동에 기인한다. 가엾은 마리옹에 대한 기억이 내게 남긴 깊은 인상은 남에게 해가 될 만한 거짓말은 언제나 잘 막아주면서도, 나 혼자만 문제가 될 때 나를 곤경에서 끌어내는 데 도움이 될 수 있는 거짓말은 잘 막아주지 못했다. 하지만 그렇다고 해서 후자가 다른 사람의 운명에 영향을 미칠 수 있는 거짓말보다 내 양심과 원칙을 덜 거스르는 것은 아니다.

만약 나를 변명하느라 둘러댄 거짓말을 다음 순간 즉시 취소하고 이어서 새로 창피당하는 일 없이 내가 책임져야 할 진실을 말할 수만 있다면, 진심으로 그렇게 했으리라고 나는 하늘을 두고 맹세한다. 그러나 이처럼 스스로 잘못을 인정하는 수치심이 또다시 나를 붙잡아, 내 잘못을 진심으로 뉘우치면서도 감히 바로잡을 엄두를 내지 못한다. 내가 말하고자 하는 바를 보다 잘 설명해줄 수 있는 일례가 있으니, 내가 이해관계나 이기심 때문에 거짓말을 하는 것이 아니며 질투심이나 악의 때문은 더더구나 아님을, 다만 그 거짓말이 거짓임이 알려져 있어 내게 아무런 소용이 없음을 너무 잘 알면서도, 단지 당혹스럽고 부끄러워서 거짓말을 한다는 사실을 증명해줄 것이다.

얼마 전 풀키에 씨가 평소의 내 방식에는 맞지 않지만 소풍 삼아 내 아내와 동반하여 그의 친구 브누아와 함께 음식점을 운영하는 바카생 부인의 식당에 점심식사를 하러 가자고 권해, 바카생 부인과 딸 둘도 우리와 함께 식사를 하게 되었다. 최근 결혼해 임신을 한 맏딸이 식사 중에 나를 빤히 보면서 내게 아이를 가진 적이 있느냐고 불쑥 물었다. 나는 얼굴이 빨개지면서 그런 행복을 가져본 적이 없다고 대답했다. 그녀는 거기 모인 사람들을 바라보면서 심술궂은 미소를 지었다. 이 모든 일의 의도는 내가 보기에도 빤한 것이었다.

우선 설령 내가 속일 생각이 있었다 하더라도 그것이 내가 하고 싶었던 답은 분명 아니다. 내게 그 질문을 한 사람의 의향으로 미루어 보건대, 내가 부인한다 해도 그 점에 관한 그녀의 의견이 조금도 바뀌지 않을 것이라고 확신하고 있었기 때문이다. 그들은 내가 부인하기를 기대했으며, 심지어 내게 거짓말을 시켜놓고 그것을 즐기려고 아니라는 답을 부추기기까지 했다. 나는 그것을 깨닫지 못할 만큼 아둔하지는 않았다. 잠시 후 내가 했어야 할 대답이 저절로 떠올랐다. 그건 젊은 여성이 독신으로 늙은 남자*에게 건네기에는 조심성 없는 질문이군요. 거짓말할 것 없이, 아무 자백이나 하여 낯을 붉힐 것도 없이, 이렇게 말했다면 사람들을 내 입장에서 웃게 만들고, 내게 그런 질문을 한 그녀의 무례함을 자연스럽게 조금이라도 완화시킬 작은 가르침을 줄 수 있었을 것이다. 나는 이 모든 것을 전혀 하지 못했고, 했어야 할 말도 하지 못했으며, 해서는 안 될 말, 내게 아무런 소용도 없는 말만 했다. 그러니 내 판단력도 내 의지도 내게 대답을 일러주지 못했고, 그 답이 내 당혹감의 기계적인 결과였다는 것은 확실한 사실이다. 예전에는 이렇게 당혹감을 느끼지 않았으며, 내 잘못을 벌충해주는 내 마음속 느낌을 남들도 분명 알고 있으리라고 믿었기에 내 잘못을 부끄러워하기보다는 솔직히 자백하는 편이었다. 그러나 악의에 찬 시선은 나를 상심케 하고 당황하게 만든다. 점점 더 불행해진 나는 더욱 소심해졌고, 오직 그 소심함 때문에 또 거짓말을 했던 것이다.

『고백록』을 쓸 때만큼 거짓말에 대한 나의 타고난 혐오를 절실히 느껴본 적이 없는데, 그것은 내 성향이 조금이라도 나를 그쪽으로 이끌었더라면 거짓말의 강한 유혹을 자주 받았을 때가 바로 그 시기였기 때문이다. 나 자신도 이해하기 힘든, 아마도 어떤 모방이든 멀리하는 데서 생겨났을 어떤 기질 때문에 스스로에게 부담이 되는 것을 가만두거나 감추기는커녕, 지나친 아량으로 자신을 용서하기보다 지나치게 엄하게 자책함으로써 오히려 위악적으로 거짓말을 하게 된다는 느낌을 받았다. 언젠가 받게 될 심판이 내가 나 자신을 심판한 것보다 덜 엄중하리라는 것은 내 양심이 보증한다. 그렇다. 나는 자랑스럽게 고

* 루소는 1768년(57세)에야 마리 테레즈 르 바쇠르와 정식으로 결혼했다.

양된 마음으로, 내 글에서 일찍이 다른 누군가가 한 것만큼, 아니 적어도 내 생각에는 그보다 더, 성실함과 진실함과 솔직함을 견지했다고 말하고 또 그렇게 느끼고 있다. 선이 악을 이긴다는 것을 깨달은 나로서는 모든 것을 말하는 편이 유리했기에 모든 것을 말했다.

나는 결코 할말을 덜 한 적은 없고, 간혹 사실 말고 상황에 대해 살을 붙여 말하기는 했는데, 이런 유의 거짓말은 의지적인 행위라기보다 상상의 착란에서 비롯된 결과였다. 이렇게 덧붙인 말들 중 어떤 것도 거짓은 아니었으므로 내가 그것을 거짓말이라고 부르는 것 자체가 잘못이다. 나는 이미 늙어서, 그때까지 다 겪어보고 그 공허함을 충분히 느낀 삶의 헛된 쾌락들에 염증이 나 있던 때에 『고백록』을 썼다.* 나는 기억에 의존하여 『고백록』을 써나갔다. 종종 제대로 기억나지 않거나 불완전한 추억들만 떠올라 그 기억의 틈을 보완하기 위해 내가 상상해 낸 세부 사항들로 메우기는 했어도, 그것들이 기억에 어긋나는 일은 결코 없었다. 삶의 행복한 순간들은 늘여서 말하고 싶어, 때로는 달콤한 그리움이 제공한 장식들로 그 순간을 아름답게 꾸미기도 했다. 잊어버린 일들도 그러했으리라고 여겨지는 대로, 실제로 그랬을 법한 대로 말했으며 절대로 내 기억과 반대되는 것을 이야기한 적은 없다. 때로는 진실과 아무 상관없는 매력을 덧붙이기도 했지만, 내 악덕을 얼버무리거나 내게 없는 미덕을 가진 체하려고 진실의 자리에 거짓을 두지는 않았다.

때로는 무심코 그럴 생각도 없이 내 모습을 묘사하면서 보기 흉한

* 루소는 1764년(52세) 12월부터 『고백록』을 쓰기 시작했다.

쪽을 감추기는 했지만, 이러한 감춤은 대개는 악보다 선을 한층 더 자세히 말하지 못한 더욱 기묘한 감춤으로 충분히 상쇄되었다. 이는 내 성격의 특이한 점으로, 사람들이 믿지 않는다면 충분히 그럴 수도 있다고 여기지만 아무리 믿지 못해도 사실임에는 틀림없다. 내 악행을 비열한 그대로 말한 적은 있지만 선행을 보기에 흐뭇한 그대로 말한 일은 드물며, 나를 너무 치켜세워 『고백록』을 쓰면서도 자화자찬으로 보일까봐 아무 말도 하지 않은 일이 자주 있다. 젊은 시절을 묘사할 때도 내 마음이 타고난 좋은 자질을 자랑하지는 않았으며, 그 점을 지나치게 부각하는 사실들은 지워버리기까지 했다. 아주 어릴 때 겪은 두 가지 사건이 지금 떠오르는데, 글을 쓰면서 기억이 났지만 방금 말한 그 이유로 둘 다 빼버렸다.

나는 거의 일요일마다 파키에 사는 파지 씨 집에 가서 하루를 보내곤 했는데, 내 숙모 한 분과 결혼한 그는 그곳에 인도사라사 공장을 갖고 있었다. 어느 날 나는 광택기실에 있는 건조대 옆에서 주철 롤러를 바라보고 있었다. 그러다 그 광택에 눈이 홀려 내 손가락을 올려놓고 싶었고 실린더의 잉앗대*를 기분좋게 손으로 훑었다. 그때 바퀴 안쪽에 있던 파지 씨의 아들이 매우 능숙하게 바퀴를 8분의 1회전을 시켰고 거기에 내 가장 긴 손가락 두 개의 끝이 살짝 닿았다. 그러나 그 상태로도 두 손가락 끝이 으스러지고 손톱이 잘려나가기에 충분했다. 내가 날카로운 비명을 지르자 파지 씨가 즉시 바퀴를 되돌렸지만, 손톱은 실린더에 끼여 조금밖에 남지 않고 손가락에서는 피가 철철 흘렀다.

---

* 베틀에서 위로는 눈썹줄에 대고 아래로는 잉아를 걸어놓은 나무.

아연실색한 파지 씨가 소리를 지르며 바퀴에서 나와 나를 껴안더니 자신은 이제 망했다면서 내게 소리지르지 말아달라고 간청했다. 고통이 극심했는데도 그의 괴로움에 마음이 움직여 나는 입을 다물었다. 우리는 잉어 양식장으로 갔고, 거기서 그가 나를 도와 손가락을 씻겨주고 이끼로 지혈을 해주었다. 그는 자신이 저지른 일을 이르지 말아달라며 눈물로 사정했다. 나는 그러기로 약속했고 또 그 약속을 아주 잘 지켜서, 이십 년이 넘도록 내 두 손가락에 흉터가 고스란히 남았는데도 무슨 사고로 생긴 흉터인지 아무도 몰랐다. 나는 삼 주 이상을 침대에 꼼짝없이 누워 있었고 두 달 넘게 손을 사용하지 못했지만, 굴러떨어지는 큰 돌에 손가락이 으깨졌다고만 말했다.

> 고귀한 거짓말이여! 어떤 진실이
> 너보다 더 아름다울 수 있을까?*

그러나 당시 그 사고는 내 상황에서는 무척 고통스러운 일이었는데, 하필 시민을 훈련시키는 제식훈련 기간이어서 제복 차림으로 또래 아이들 셋과 한패가 되어 우리 지역 부대와 함께 훈련을 받아야 했기 때문이다. 침대에 누워 세 친구와 함께 창문 밑으로 지나가는 부대의 북소리를 듣는 것은 괴로운 일이었다.

또다른 이야기도 이와 아주 비슷한데, 좀더 나이가 든 뒤의 일이다.

나는 플랭팔레**에서 플렝스라는 친구와 펠멜 놀이***를 하고 있었

* 16세기 이탈리아 시인 타소의 대표적 서사시 『해방된 예루살렘』의 한 구절.

다. 놀이를 하다 싸움이 붙어 서로 치고받다가 친구가 나무망치로 모자를 쓰지 않은 내 머리를 내려쳤는데, 얼마나 정통으로 맞았던지 손힘이 조금만 더 강했더라면 골이 튀어나왔을 정도였다. 그 순간 나는 쓰러졌다. 내 머리카락 사이로 흘러내리는 피를 본 그 불쌍한 녀석의 당황함에 비길 만한 것을 내 평생 본 적이 없다. 녀석은 나를 죽였다고 생각한 모양이었다. 녀석이 내게 달려들어 끌어안고 울음을 터뜨리더니 날카로운 소리를 질러댔다. 다정함이 뒤섞인 막연한 감동에 싸여 나도 같이 울면서 그를 힘껏 껴안았다. 그러고 나서 그는 계속 흘러내리는 피를 멎게 하려 애썼고, 우리 둘의 손수건만으로 충분치 않다는 것을 알고는 근처에 작은 화원을 가지고 있던 자기 어머니한테로 나를 데려갔다. 그 착한 부인은 내 상태를 보고 쓰러질 뻔했다. 그런데도 기운을 추슬러 내 상처를 치료해주었는데, 상처에 습포를 대어 충분히 닦아낸 다음 브랜디에 담가두었던 백합꽃을 덧댔다. 그것은 우리 고장에서 널리 쓰이던 뛰어난 외상外傷 약이었다. 부인과 그분 아들의 눈물이 내 마음에 스며들어, 둘을 더이상 만나지 못하게 된 후 점차 그들을 잊게 될 때까지도 오랫동안 나는 그녀를 내 어머니로, 그녀의 아들을 내 형제로 여겼을 정도였다.

앞서 말한 사건과 마찬가지로 나는 이 사건에 대해서도 비밀을 지켰고, 이런 종류의 일은 일생 동안 내게 백번도 더 일어났지만 그런 이야기를 『고백록』에서 말하겠다는 생각조차 하지 않았으니, 그 정도로 나는 그 글에서 내 성격 중 선하다고 느껴질 면을 부각시키는 기교를 부

** 스위스 제네바 남서쪽에 있는 지역.

*** 나무망치로 공을 쳐서 경기장의 양측 끝에 있는 철문을 통과시키면 득점하는 놀이.

린 일이 거의 없다. 그렇다. 내가 알려진 진실과 반대로 말한 일이 있었다면 그것은 그 누구와도 절대로 상관없는 일일 때였고, 내 이해관계 또는 남의 이득이나 손해 때문이라기보다는 말이 막힐 때나 글쓰는 즐거움을 갖고 싶을 때 그랬던 것이다. 만약 『고백록』을 공정하게 읽어줄 사람이 있다면 그가 누구든, 내가 한 자백이, 더 큰 잘못이지만 말하기에 덜 창피한 악행들—그런 짓은 한 적이 없기에 말하지도 않았다—에 관한 것이 아니라, 말하기에 더 창피하고 고통스러운 자백임을 깨닫게 될 것이다.

이 모든 성찰을 통해 내가 스스로에게 진실성을 다짐했던 것은 실제 상황의 현실성보다는 정직하고 공정한 감정에 근거한 것이며, 실천할 때는 내가 참과 거짓이라는 추상적인 개념보다 내 양심의 도덕 지침을 따랐다는 결론이 나온다. 나는 자주 지어낸 이야기를 늘어놓았지만 거짓말을 하는 일은 매우 드물었다. 이런 원칙을 따르며 남들에게 나에 대한 시빗거리를 많이 제공했지만, 누구에게도 해를 끼친 일이 없고 내게 마땅히 주어질 이득 이상을 내게 돌리지도 않았다. 내가 보기에 진실은 오로지 이 점에서만 미덕이 된다. 이와 전혀 다른 관점에서 진실이란 우리에게서 선도 악도 생겨나지 않는 형이상학적인 실체에 불과하다.

그렇다고 전혀 나무랄 데 없다고 생각할 만큼 내 마음이 이러한 구별에 충분히 만족하고 있다고 느끼는 것은 아니다. 다른 사람들에 대한 의무를 그토록 세심하게 가늠하는 내가 나 자신에 대한 의무도 충분히 검토해보았던가? 남에게 정당해야 한다면 자기 자신에게는 진실해야 하며, 이는 성실한 인간이 자신의 존엄성에 마땅히 표해야 할 경의다. 내 대화가 빈곤하여 어쩔 수 없이 악의 없는 허구들로 그것을 메우곤 했을 때 남을 즐겁게 하느라 자신을 비하해서는 안 되었는데, 내 잘못이었다. 또 글쓰는 재미에 이끌려 실제 사실에다 지어낸 장식들을 곁들였을 때도 꾸며낸 이야기로 진실을 장식한다는 것은 결국 진실을 훼손하는 일이니 더욱 잘못했던 것이다.

그런데 나를 더욱 변명의 여지가 없게 만드는 것은 내가 택했던 좌우명이다. 이 좌우명이 다른 누구보다도 나 자신에게 가장 엄격히 진실성을 공언하도록 강요했는데, 이를 위해서는 내 이득과 성향에 따라 진실을 추종하는 것만으로는 안 되고 나의 나약함과 타고난 소심함 또한 버려야 했던 것이다. 어떤 경우에나 늘 진실할 수 있는 용기와 힘을 가져야 했고, 특히 진실에 헌신해온 입과 펜에서는 결코 허구나 우화가 나와서는 안 되었던 것이다. 그 자랑스러운 좌우명을 택할 때 내가 반드시 스스로 다짐했어야 할 말이 바로 이것이며, 감히 그 좌우명을 지고 다니는 한 끊임없이 되새겨야 할 말도 이것이다. 허위 때문에 내가 거짓말을 한 일은 결코 없었고 내 거짓말은 모두 나약한 마음에서 나온 것이지만, 이것으로 변명이 될 수는 없다. 나약한 마음으로는 기껏해야 자신을 악덕에서 보호할 수 있을 뿐, 위대한 미덕을 감히 공표하는 것은 건방지고도 무모한 일이다.

이상이 로지에 신부가 암시해주지 않았더라면 아마도 결코 내 머리에 떠오르지 않았을 성찰들이다. 이 성찰을 적용하기에는 이미 때가 늦었음은 분명하다. 하지만 적어도 내 잘못을 바로잡고 의지를 다시 조율하기에 너무 늦은 것은 아니다. 왜냐하면 그것은 모두 앞으로 내가 하기에 달려 있기 때문이다. 그러므로 이 점에서, 또 비슷한 모든 일에서 솔론의 격언은 모든 나이에 적용될 수 있으며, 적이라 해도 그들에게서 현명하고 진실하고 겸손해지는 법을, 스스로를 과대평가하지 않는 법을 배우기에는 결코 늦지 않았다.

다섯번째 산책

내가 머물렀던 모든 거처(매력적인 곳들이었다) 중에서 어떤 곳도 비엘 호수 가운데 있는 생피에르 섬만큼 내게 진정한 행복을 맛보게 해주고 정겨운 그리움을 남겨준 곳은 없다. 뇌샤텔에서는 라모트 섬이라 부르는 이 작은 섬은 스위스에서도 거의 알려지지 않은 곳이다. 내가 아는 어떤 여행자도 이 섬을 언급한 적이 없다. 그렇지만 이 섬은 스스로 울타리를 치고 혼자 들어앉아 있으려는 사람이 행복하게 지내기에 매우 쾌적하며 위치 또한 유난히 좋다. 비록 내가 운명의 명령으로 세상에서 유일하게 고독해진 사람이라 하더라도 이토록 자연적인 취미를 가진 자가, 아직 그런 사람을 보지는 못했지만, 단 한 사람뿐이라고 생각할 수는 없기 때문이다.

비엘 호수 연안은 바위와 숲이 물에 더 가까이 붙어 있어서 제네바 호수보다 더 야성적이고 낭만적이다. 그렇다고 해서 덜 아름다운 것은 아니다. 경작지와 포도밭, 마을과 집은 더 적지만 자연 그대로의 초목과 목초지, 숲으로 그늘진 은신처가 더 많고 더 자주 선명한 대비가 나타나며 구릉의 기복이 더 심하다. 이 행복한 호숫가에는 마차들이 다닐 만한 적당한 큰길이 없기 때문에 이 지역을 찾아오는 여행객도 거의 없다. 그러나 여유롭게 자연의 매력에 취하기 좋아하고, 간간이 들려오는 독수리나 새들이 지저귀는 소리와 산에서 흘러내리는 급류 소리 말고는 어떤 소리도 흩뜨려놓지 못하는 고요 속에서 명상하기를 좋아하는 고독한 명상가들에게는 흥미로운 곳이다. 둥그스름한 모양의 이 아름다운 호수는 그 한가운데 있는 두 개의 작은 섬을 에워싸고 있는데, 하나는 사람이 살고 경작도 하는 둘레가 2킬로미터쯤 되는 섬이고 그보다 작은 또다른 섬은 사람이 살지 않는 황무지인데, 큰 섬이 파도와 폭풍으로 피해를 입으면 복구하기 위해 끊임없이 흙을 퍼가고 있으니 결국엔 사라지고 말 것이다. 이런 식으로 언제나 약자의 자원은 강자의 이익을 위해 이용된다.

섬에는 한 채뿐이지만 크고 쾌적하고 편안한 집이 있는데, 이 섬과 마찬가지로 베른 요양원의 소유로 세금징수관이 가족 그리고 하인과 함께 살고 있다. 그는 많은 가축과 큰 새장, 양어장을 갖고 있다. 섬은 규모가 작은데도 지층이나 모습이 변화무쌍하여 온갖 종류의 경치를 제공하고 온갖 종류의 작물을 재배하게 해준다. 밭과 숲, 포도밭, 과수원이 있고, 호숫가에 있어 늘 푸른 온갖 다양한 종류의 관목에 둘러싸이고 작은 숲이 그늘을 드리우는 비옥한 목초지가 있다. 나무를 두 줄로 심은 높은 둑이 섬 가장자리를 길게 에워싸고, 둑 한복판에는 사람들이 세워둔 아담한 정자가 있어 포도 수확기면 일요일마다 호숫가 인근의 주민들이 그곳에 모여 춤을 춘다.

모티에 투석 사건* 후 내가 피신한 곳이 바로 이 섬이다. 이곳이 무척이나 마음에 들고 내 기질에 잘 맞는 삶을 영위할 수 있어 여생을 여기서 마치리라 결심한 나에게 다른 걱정은 없었다. 이미 그 첫 조짐이 감지된, 나를 영국으로 데려가려는 계획과는 양립할 수 없는 이 계획을 실행에 옮기도록 사람들이 나를 내버려두지 않으리라는 불안감 말고는.** 나를 불안하게 만드는 예감 속에 나는 사람들이 이 피신처를 영원한 감옥으로 만들어 나를 평생 가둬주기를 바랐고, 또 거기서 벗어날 모든 힘과 희망을 내게서 앗아감으로써 세상일이라곤 모르는 채 내가 세상의 존재를 잊어버리도록, 또 세상도 내 존재를 잊어버리도록 육지와의 모든 소통을 금지시켜주기를 정말로 바랐다.

저들이 내가 이 섬에서 살도록 내버려두었던 기간은 두 달에 불과했고, 비록 내 아내와 함께 지내며 세금징수관과 그의 아내, 하인들과의 교류 외에 다른 교제는 전혀 없었지만, 지겨울 새 없이 그곳에서 이년, 이백 년, 아니 영원히 살 수도 있었을 것이다. 그들은 모두 정말 착한 사람들이었고 그 이상은 아무것도 없었지만, 내게 꼭 필요하던 것이 바로 그것이었다. 그 두 달은 내 생애에서 가장 행복한 시기였고, 정말로 행복해서 한순간도 다른 상태를 바라는 마음이 들지 않아 사는

---

* 1762년 『에밀』 출간 이후 체포령이 떨어지자 루소는 스위스의 모티에에서 피신 생활을 하게 된다. 1765년 9월 6일 밤 몽몰랭 목사의 선동으로 주민들이 그의 집에 돌을 던진 일이 있는데, 바로 그 사건을 가리킨다.

** 1765년 9월 베르들랭 부인이 루소에게 영국으로 가 흄을 만나볼 것을 권유하고, 10월 흄이 루소에게 영국으로 피신할 것을 제안해 결국 이듬해 1월 런던에서 머물게 된다.

동안 그 시절만으로도 내게는 충분했을 정도였다.

그 행복은 무엇이며, 그 즐거움은 어디에 있었던가? 그곳에서의 내 생활을 묘사하여 이 시대의 모든 사람들이 그것을 짐작해보게 하겠다. 저 소중한 무위無爲는 내가 그 달콤함을 최대한 맛보고 싶어했던 즐거움 중 가장 중요하고 첫째가는 것이었으며, 그곳에 머무는 동안 내가 했던 모든 일은 실상 무위에 자신을 바친 사람에게 꼭 필요한 즐거운 활동뿐이었다.

스스로 내 몸을 얽어매어 도움 없이는 벗어날 수 없고 몰래 벗어날 수도 없는 외딴곳, 내 주변 사람들의 도움을 받지 않고서는 연락도 편지 왕래도 불가능한 그 외딴곳에 나를 남겨둘 수 있다는 기대, 이것보다 더 바랄 것 없는 바로 그 기대가, 말하자면, 내게는 지금까지 보내온 어떤 세월보다 평온하게 그곳에서 일생을 마치리라는 희망을 주었으며, 거기서 여유롭게 모든 것을 정리할 수 있으리라는 생각에 나는 당장은 아무것도 정리하지 않았다. 갑자기 맨몸으로 홀로 그곳으로 내몰린 나는 뒤이어 가정부*를 오게 하고 책과 약간의 소지품을 보내오게 했는데, 그 상자와 가방 들을 도착할 때의 상태 그대로 둔 채, 내 생을 마감할 작정인 거처에서 마치 다음날 떠나야 하는 여관에라도 묵는 듯 지내며 짐을 하나도 풀지 않는 것이 즐거웠다. 있는 그대로 내버려둔 모든 상황이 매우 순조로워 잘 정돈하겠다는 생각이 오히려 뭔가를 망치는 꼴이 될 정도였다. 가장 큰 기쁨 중 하나는 무엇보다 상자에 든 책들을 늘 그렇게 놓아두고 필기도구를 소지하지 않는 일이었다. 탐탁

---

* 원문의 'gouvernante'는 '독신자를 돌봐주는 가정부'를 뜻하는데, 루소는 아내 테레즈를 'ma gouvernante'로 표현하고 있다.

지 않은 편지들에 답장을 쓰려고 어쩔 수 없이 펜을 잡아야 할 때면 나는 투덜투덜대며 세금징수관에게 펜을 빌렸고, 또다시 빌려 쓸 일은 없을 거라고 헛된 기대를 하며 서둘러 돌려주곤 했다. 그런 쓸데없는 서류들과 온갖 헌책들 대신 나는 꽃과 건초로 내 방을 가득 채웠다. 당시 나는 식물학에 막 몰두하기 시작했는데, 디베르누아 박사*가 내게 흥미를 불러일으킨 이 취미는 곧 강한 열정으로 바뀌었다. 더이상 고된 일을 원하지 않는 나에게, 게으름뱅이도 좋아할 정도의 수고만 들이면 되고 내 마음에도 드는 재미있는 소일거리가 필요했던 것이다. 나는『섬의 식물도감』을 써서 이 섬의 모든 식물을 하나도 빠뜨리지 않고, 남은 생애 동안 소일하기에 충분할 만큼 상세히 묘사할 계획을 세웠다. 어느 독일인이 레몬 껍질에 관해 책 한 권을 썼다고들 하는데 나는 목장의 잔디 하나하나, 숲의 이끼 하나하나, 바위를 덮은 지의地衣 하나하나에 관해 책 한 권씩은 쓸 수 있었을 것이다. 요컨대 충분히 자세히 그려지지 않은 풀의 터럭 하나도, 식물의 원자 하나도 남겨놓고 싶지 않았다. 이 근사한 계획에 따라 나는 모두가 함께하는 아침식사가 끝나면 손에는 돋보기를 들고 옆구리에는『자연의 체계』**를 끼고 섬의 한 지역을 찾아가곤 했는데, 그럴 요량으로 미리 섬을 작은 구역들로 나눠 계절마다 차례로 돌아다녀볼 작정이었다. 식물의 구조와 조직 그리고 열매에서, 당시 내게는 그 체계가 완전히 새롭던 생식기관의 여러 부분들의 역할을 관찰할 때마다 느꼈던 황홀과 도취보다 더 특별

* 루소가 모티에에서 알게 된 사람으로,『고백록』 제12권에 언급되어 있다.

** 현대 생물분류학의 기초를 확립한 스웨덴 식물학자 칼 폰 린네가 1735년에 발간한 저서.

한 것은 없다. 전에는 개념조차 없던 속屬의 특성을 구별하는 일이 무척이나 즐거웠고, 더욱 희귀한 것들과 마주치리라 기대하며 속의 특성을 공통된 종種에서 확인해나갔다. 꿀풀의 긴 수술 두 가닥의 갈라짐, 쐐기풀과 개물통이 수술들의 탄력성, 봉선화 씨나 회양목 꼬투리의 터짐, 처음 관찰해보는 자잘한 생식 활동이 나를 환희로 가득 채워주었다. 마치 라퐁텐이 「하박국서」를 읽어본 적이 있느냐고 물었던 것처럼* 나는 꿀풀의 뿔을 본 적이 있느냐고 물어보고 다녔다. 두세 시간 후에는 수확물을 잔뜩 안고 집으로 돌아왔는데, 비 오는 날이면 그것은 오후의 소일거리가 되곤 했다. 나머지 오전 시간은 세금징수관 부부, 테레즈와 함께 일꾼들이 수확하는 것을 살펴보러 갔다. 대개는 그들의 일을 도와주었기에, 나를 만나러 온 베른 사람들은 내가 큰 나무 위에 올라앉아 허리에 차고 있던 자루에 과일을 가득 채워넣고는 줄에 매달아 땅에 내려놓는 모습을 자주 보았다. 아침나절에 하는 운동과 그로 인한 상쾌한 기분에 점심시간의 휴식이 매우 기분좋았다. 그렇지만 휴식이 너무 길어지거나 화창한 날씨에 마음이 끌릴 때면, 나는 더 기다릴 수가 없어 사람들이 아직 식탁에 있는 동안 살짝 빠져나와 혼자 배로 뛰어올랐고, 물이 잔잔할 때면 호수 가운데로 배를 저어가곤 했다. 때로는 그렇게 배 안에서 몸을 쭉 뻗고 누워 하늘을 바라보며 막연하면서도 달콤한 여러 몽상에 잠겨 몇 시간이고 배가 물결 따라 천천히 떠내려가게 내버려두곤 했는데, 그 몽상들은 딱히 일관되게 정해진 대상

---

* 라퐁텐이 언급한 것은 구약 외경 중 「바루크서」인데, 루소가 이를 「하박국서」로 착각한 듯하다. 라퐁텐이 우연히 바루크의 기도문을 읽고 감탄하여 만나는 사람마다 이렇게 물어본 일화를 말한다.

도 없었지만 삶의 쾌락이라 불리는 것 중 내가 가장 달콤하다고 생각했던 그 어떤 것보다 더 내 성향에 맞았다. 석양이 돌아갈 시간임을 알려주었을 때 섬에서 너무 멀리 와버린 것을 알아채고 밤의 어둠에 갇히기 전에 섬에 닿으려고 온 힘을 다해 배를 저어야 했던 일도 자주 있었다. 어떤 때는 호수 한가운데로 나가는 대신 섬의 푸른 기슭을 끼고 돌면서 즐기기도 했는데, 그 맑은 물과 시원한 그늘에 끌려 자주 물에 몸을 담그기도 했다. 그런데 내가 가장 자주 했던 항해 중 하나는 큰 섬에서 작은 섬으로 가 배를 대고 상륙한 뒤 그곳에서 오후 시간을 보내는 일이었다. 때로는 호랑버들이나 털갈매나무, 여뀌, 온갖 종류의 관목들로 둘러싸인 좁디좁은 산책로들을 돌아보기도 하고 때로는 잔디와 백리향, 여러 가지 꽃들, 필시 누군가 전에 심어두었을 잠두나 토끼풀로 뒤덮인 모래언덕 꼭대기에 자리잡고 앉아 있기도 했는데, 아무것도 겁낼 필요 없고 또 아무런 해도 끼치지 않고 평화롭게 번식할 수 있는 곳이어서 토끼들이 살기에 매우 적합해 보였다. 세금징수관에게 이런 생각을 전했더니 그가 뇌샤텔에서 암수 토끼들을 들여왔고 그의 아내와 누이들 중 하나, 테레즈와 나는 우르르 달려가 토끼들을 작은 섬에 풀어놓았는데, 내가 떠나오기 전에 그곳에서 토끼들이 번식을 시작했으니 혹독한 겨울만 견뎌냈다면 틀림없이 번성했을 것이다. 이 작은 식민지의 건설은 일종의 축제였다. 아르고호* 선원들의 키잡이도 일행과 토끼들을 큰 섬에서 작은 섬으로 의기양양하게 이끌고 가는 나보다 더 뽐내지는 않았을 것이다. 또 나는 물을 무척이나 무서워하고 언

---

* 그리스신화에서 이아손은 황금 양털을 구하러 아르고호를 타고 항해를 했다.

제나 뱃멀미를 하던 세금징수관의 부인이 내가 이끄는 대로 믿고 배에 올라타 호수를 건너는 동안 전혀 두려워하지 않는 모습을 보고 우쭐해하기도 했다.

물결이 사나워 배를 띄울 수 없을 때는 섬 여기저기를 돌아다니며 식물채집을 하면서 오후를 보내곤 했는데, 때로는 가장 경치 좋고 한적한 섬 한구석에 앉아 마음대로 몽상을 하기도 하고 때로는 둑이나 언덕에 앉아 호수와 호숫가의 웅장하고도 황홀한 전망을 눈으로 훑어보기도 했다. 호숫가 한쪽은 가까운 산들로 둘러싸여 있고, 다른 쪽은 풍요롭고 기름진 평원으로 시야가 트여 멀리 평원 끝에 있는 푸르스름한 산맥까지 전망이 이어졌다.

저녁이 다가오면 나는 섬 꼭대기에서 내려와 호숫가 모래사장의 숨겨진 은신처에 가서 앉곤 했다. 그곳은 내 감각을 집중시키고 내 영혼에서 다른 온갖 동요를 몰아내주는 출렁이는 소리로 내 마음을 달콤한 몽상에 빠져들게 해, 종종 나도 모르는 새 밤이 덮쳐오곤 했다. 밀려왔다 밀려가는 물, 쉼 없이 내 귀와 눈을 두드리는 한결같으면서도 간간이 커지는 물소리가 몽상이 내 안에 잠재웠던 내면의 움직임을 보완해주었고, 생각하는 수고를 들일 것도 없이 내 존재를 충분히 느끼게 해주었다. 가끔은 세상일의 덧없음에 대한 희미하고도 짤막한 단상이 떠오르면서 그 모습이 수면에 그려지기도 했지만, 이런 가벼운 인상들은 곧 나를 달래주는 연속적이고 규칙적인 움직임 속에 지워져버렸다. 이 움직임은 내 마음이 적극적으로 협조하지 않는데도 나를 단단히 붙잡아두는 통에, 시간이 지나거나 정해놓은 신호를 보내 나를 불러도 쉽사리 그곳을 떠날 수가 없을 정도였다.

늦은 저녁식사 후 날씨가 좋을 때면 우리는 모두 함께 둑 위로 산책을 나가 한 바퀴 돌면서 호수의 신선한 공기를 마시곤 했다. 정자에서 쉬면서 웃고 이야기하고, 풍자적인 가사로 된 요즘 노래에 비길 만한 옛 노래를 부르다가 마침내 그날 하루에 매우 만족한 채 내일도 오늘 같기만을 바라며 잠자리에 들었다.

예기치 못한 성가신 방문들을 제외하고, 이 섬에 머무는 동안 나는 이런 식으로 시간을 보냈다. 이제는 누군가 내게 말해주기를 바란다. 내 마음속에 이토록 강렬하고 다정하고 지속적인 그리움을 불러일으킬 정도로 매력적인 무엇이 그곳에 있기에, 십오 년이 지났어도 소중한 그곳을 떠올릴 때마다 여전히 격정적인 욕망에 이끌릴 수밖에 없는지를.

긴 생의 부침浮沈 속에서 당시를 기억해보니, 내 마음이 가장 매료되고 가장 크게 감동한 시기는 가장 달콤한 향락과 가장 강렬한 쾌락의 시기가 아님을 알게 되었다. 그 찰나의 열광과 정열이 정말 격렬할 수는 있지만 바로 그 강렬함 때문에 삶의 직선 위에 드문드문 찍힌 점들에 불과할 뿐이다. 그 점들은 너무나 드물고 또 순식간에 지나가버려 하나의 상태를 이룰 수 없으니, 내 마음이 아쉬워하는 행복이란 덧없는 순간들로 이루어진 것이 아니라 그 자체로는 조금도 강렬하지 않지만 지속되면서 점점 매력이 커져 마침내 그 속에서 최고의 행복을 찾게 되는, 그런 단순하고도 영원한 상태다.

이 땅 위의 모든 것은 연속적인 흐름 속에 있다. 여기서는 그 어떤 것도 항구적으로 고정된 형태를 간직하지 못하며, 외부의 사물들에 집착하는 우리의 애정도 그 사물들처럼 필연적으로 지나가고 변화하는 법이다. 늘 우리 앞이나 뒤에 있기 마련인 애착은 더이상 존재하지 않는 과거를 회상하거나 대개는 있지도 않을 미래를 예고한다. 거기에는 마음이 전념할 만한 확고한 것이 전혀 없다. 그래서 이승에서는 스쳐가는 쾌락만 맛보게 된다. 지속적인 행복은 과연 이승에서 찾아볼 수 있는 것인지 의심스럽다. 우리가 느끼는 가장 강렬한 향락 속에서도 마음이 진심으로 이 순간이 영원히 지속되었으면 좋겠다고 말할 수 있는 순간은 거의 없다. 우리 마음을 더욱 불안하고 공허하게 만드는, 이전의 무엇인가를 그리워하거나 이후의 어떤 것을 욕망하게 만드는, 그런 덧없는 상태를 어떻게 행복이라 부를 수 있겠는가?

그러나 만일 영혼이 과거를 다시 불러내거나 미래로 성큼 넘어갈 필요 없이 온전히 몸을 맡기고 자신의 존재 전체를 집중시킬 수 있을 만큼 충분히 굳건한 평정심을 찾아낼 수 있는 상태가 있다면, 영혼에게 시간이 아무것도 아닌 상태, 현재가 영원히 지속되면서도 그 지속성을 드러내지 않고 그것이 연속되고 있다는 흔적도 없는, 우리의 존재에 대한 느낌 외에 박탈이나 향유의 느낌도, 쾌락이나 고통, 욕망이나 공포의 느낌도 전혀 없는 상태, 또한 우리의 존재감만이 영혼 전체를 채울 수 있는 그러한 상태가 있다면, 그 상태에 있는 자는 그것이 지속되는 한 행복한 사람이라고 부를 수 있을 것이다. 이것은 삶의 쾌락에서 발견되는 것처럼 불완전하고 초라하고 상대적인 행복이 아니라, 채울 필요를 느끼는 어떤 빈자리도 영혼 속에 남겨두지 않는 만족스럽고 완벽하며 충만한 행복이다. 바로 내가 생피에르 섬에서 물결치는 대로 흘러가게 둔 배에 눕거나 물결이 일렁이는 호숫가에 앉아, 또는 아름다운 강가나 조약돌 위로 물이 졸졸 흐르는 개울가 외진 곳에서 고독한 몽상에 빠져 있을 때의 상태와도 같다.

이런 상태에서 사람은 무엇을 즐기는가? 그것은 자신의 외부에 있는 어떤 것, 자기 자신이나 자신의 고유한 존재가 아닌 어떤 것이 결코 아니며, 이 상태가 지속되는 한, 인간은 하느님처럼 자기 자신만으로 충분하다. 다른 모든 애착을 벗어버린 존재의 느낌은 그것 자체로 만족과 평화의 소중한 느낌이라서, 그것만으로도 이승에서 끊임없이 우리를 존재의 느낌에서 분리시키고 그 즐거움을 흐려놓는 속세의 온갖 관능적인 인상을 자신에게서 멀리 떼어놓을 줄 아는 자에게 자기 존재를 소중하고 환희에 찬 것으로 만들어주기에 충분할 것이다. 그런데 계속해서 정념에 휘둘리는 대부분의 사람들은 이런 상태를 거의 알지 못하며, 그나마도 아주 잠깐 불완전하게만 맛보기 때문에 그것에 대해 막연하고 어렴풋한 관념만 지닐 뿐 그 매력은 느끼지 못한다. 요즘 같은 세상에서는 이런 기분좋은 황홀경을 갈망하면서, 끊임없이 되살아나는 욕구들이 의무로 부과한 활동적인 삶을 싫어하는 것이 바람직하지도 않을 것이다. 그러나 인간 사회에서 제명당하고 이제 이승에서는 남을 위해서도 자신을 위해서도 유익하고 좋은 일이라곤 아무것도 할 수 없게 된 불운한 인간이라면, 운명도 사람들도 그에게서 빼앗아갈 수 없는, 모든 인간적인 행복을 대신해줄 보상을 바로 이런 상태에서 찾을지도 모른다.

이런 보상을 모든 사람이 모든 상황에서 느낄 수 없다는 것은 사실이다. 마음이 평온해야 하고, 그 마음의 평온을 어지럽힐 어떤 정념도 없어야 한다. 보상을 느끼는 사람에게 그런 성향이 필요하며, 주변의 사물들도 거기에 협조해야 한다. 절대적인 휴식도 지나친 흥분도 있어서는 안 되며, 동요도 중단도 없이 절제된 한결같은 움직임이 있어야 한다. 움직임이 없다면 삶은 혼수상태에 불과하다. 움직임이 고르지 않거나 너무 심하게 동요하면 그것은 우리를 일깨워 자극한다. 그리하여 주위 사물들을 환기시켜 몽상의 매력을 깨뜨리고 우리를 자신의 내부에서 끌어내어 즉시 운명과 사람들의 속박 아래 놓이게 만듦으로써 우리에게 불행의 느낌을 되돌려준다. 절대적인 고요는 슬픔으로 인도한다. 그것은 죽음의 모습을 보여준다. 그때 유쾌한 상상의 도움이 필요하며, 그 도움은 하늘이 상상력을 베풀어준 자들에게서 아주 자연스럽게 나타난다. 외부로부터는 오지 않는 움직임이 그때 우리 내부에서 일어난다. 휴식이 사실 별것 아니기는 하지만 경쾌하고 기분좋은 생각이 영혼의 바탕은 흩뜨리지 않고, 말하자면 그 표면을 스치기만 한다면 휴식 또한 더욱 유쾌해진다. 자신의 모든 불행을 잊고 자기 자신을 생각하기에 충분한 그런 휴식만이 필요하다. 이런 종류의 몽상은 조용히 있을 수 있는 곳이면 어디서나 맛볼 수 있어서, 나는 종종 바스티유나 심지어 어떤 대상도 내 눈을 자극하지 않는 지하 독방에서도 즐겁게 몽상에 빠질 수 있으리라고 생각했다.

그러나 자연적으로 경계가 만들어져 나머지 세상과 동떨어진 비옥한 외딴섬에서는 몽상이 더 잘되고 더 즐거웠다는 사실은 인정해야겠다. 보기 좋은 광경들만 볼 수 있고, 그 어떤 것도 서글픈 추억을 떠올리게 하지 않으며, 몇 안 되는 주민들과의 사교에 계속 사로잡힐 만큼 재미있지는 않지만 온화하고 정겨운 곳, 그래서 결국엔 온종일 방해도 근심도 없이 내 취향에 맞는 일거리에 몰두하거나 지극히 나른한 무위에 몸을 내맡길 수 있었던 그곳에서 말이다. 몹시 불쾌한 대상들 속에서도 유쾌한 공상에 몰두할 줄 알아서 실제로 감각을 자극하는 모든 것을 끌어들여 자기 마음대로 공상을 실컷 맛볼 수 있는 몽상가에게는 분명 좋은 기회였다. 길고 달콤한 몽상에서 깨어나 초목과 꽃과 새 들에 둘러싸인 자신을 보면서, 드넓게 펼쳐진 맑고 투명한 호수를 에두르고 있는 몽환적인 호숫가 여기저기를 멀리까지 눈으로 살펴보면서, 나는 이 모든 사랑스러운 것들을 내가 지어낸 허구에 동화시켰고, 마침내 나 자신과 나를 둘러싼 것들에게로 차츰차츰 되돌아오면서도 허구와 현실이 분리되는 지점을 가리킬 수가 없었다. 그만큼 모든 것이, 내가 아름다운 곳에서 영위했던 고독한 명상의 생활을 소중한 것으로 만드는 데 일조했다. 그 삶을 되돌릴 수는 없는가? 그 소중한 섬으로 가서 다시는 그곳을 떠나는 일 없이, 수년 전부터 저들이 내게 퍼부으며 즐기던 온갖 종류의 재난을 떠올리게 하는 육지 사람들을 아무도 만나지 않고 내 생애를 마칠 수는 없는가? 그들은 곧 영원히 잊히겠지만, 아마 그들은 나를 잊지 못할 것이다. 그러나 그들이 내 휴식을 흩뜨리려 섬에 접근하지만 않는다면 무슨 상관이겠는가? 소란스러운 사회생활이 야기한 지상의 온갖 정념에서 해방된 내 영혼은 자주 이 대기 밖으로 뛰어올라, 자신들의 숫자가 곧 불어나기를 바라는 천사들과 미리 사귀게 될 것이다. 사람들이 내게 주지 않으려 했던 그 정겨운 은신처를 돌려줄 리가 없다는 것은 나도 알고 있다. 그러나 그들은 내가 매일매일 상상의 날개를 타고 그곳으로 날아가 몇 시간이라도, 내가 아직 그곳에 살았다면 느꼈을 똑같은 기쁨을 맛보는 것마저 방해하지는 못할 것이다. 그곳에서 내가 하는 가장 기분좋은 일은 마음껏 몽상에 잠기는 일일 것이다. 그곳에 있는 꿈을 꿈으로써 나는 바로 그 일을 하는 것이 아닌가? 아니, 그 이상을 하고 있다. 나는 관념적이고 단조로운 몽상의 매력에다 그것을 더욱 생기 있게 만드는 매혹적인 이미지들을 덧붙인다. 그 대상들은 내가 황홀경에 빠져 있을 때는 종종 나의 감각에서 빠져나가버렸지만, 지금은 내 몽상이 깊어질수록 더욱 생생하게 그려진다. 그리하여 내가 실제로 그곳에 있었던 때보다 더 유쾌하게 그 속에 있는 듯한 때가 자주 있다. 불행히도 상상력이 시들어감에 따라 그것들은 내게 오기가 더욱 힘들어지고, 왔어도 그다지 오래 지속되지도 않는다. 아! 사람은 제 늙은 몸을 떠나기 시작할 때 그 몸 때문에 가장 무뎌지는구나!

여섯번째 산책

우리가 무의식적으로 하는 움직임도 방법만 안다면 우리 마음속에서 그 원인을 찾아낼 수 있다. 어제 나는 식물채집을 하려고 장티이 근처의 비에브르 강을 따라 새로 생긴 대로를 지나 당페르 성문 부근에서 오른쪽으로 방향을 틀어 들녘까지 꽤 멀리 나와, 퐁텐블로 가를 지나 작은 강을 에두르는 언덕에 도달했다. 이런 경로로 걷는 것이 그 자체로는 정말 별일 아니었지만, 나는 기계적으로 몇 번이고 같은 길로 돌아갔음을 깨닫고 그 원인을 마음속에서 찾아보았는데, 마침내 이유를 알게 되었을 때는 웃지 않을 수 없었다.

당페르 성문 출구 쪽 대로의 모퉁이에는 여름이면 날마다 자리를 잡고 과일과 약초즙, 롤빵을 파는 여자가 하나 있다. 이 여자에게는 매우 얌전하지만 다리를 저는 어린 아들이 있는데, 그 아이는 목발을 짚고

절뚝거리면서 매우 친근한 태도로 계속 행인들에게 동냥을 하며 돌아다녔다. 나는 그 꼬마 녀석과 말하자면 아는 사이가 되었다. 내가 지나갈 때마다 아이는 어김없이 다가와 으레 인사말로 나를 치켜세웠고, 그러면 나는 얼마간 동냥을 주곤 했다. 처음에는 아이를 만나는 것이 기뻐서 매우 기꺼운 마음으로 적선을 했으며, 이 일은 얼마 동안 한결같이 계속되었고 종종 아이의 유쾌한 수다를 부추겨 듣는 즐거움까지 곁들이게 되었다. 그런데 차츰 습관이 된 이 즐거움은 어찌된 영문인지 일종의 의무로 바뀌면서 곧 불편하게 느껴졌다. 특히 먼저 들어야 하는 지루한 수다 때문이었는데, 말하는 중에 아이는 자신이 나를 잘 안다는 것을 보이기 위해 꼬박꼬박 루소 선생님이라고 불러댔다. 오히려 그 때문에 나는 아이에게 내 이름을 가르쳐준 사람들과 마찬가지로 아이도 나를 잘 알지 못한다는 것을 알 수 있었다. 그때부터 나는 다소 껄끄러운 마음으로 그곳을 지나가게 되었고, 마침내는 그 샛길이 가까워지면 무의식적으로 길을 돌아가는 습관이 생겼다.

이것이 이 일에 관해 곰곰이 생각하다가 내가 발견한 사실이다. 그때까지만 해도 이런 생각이 명료하게 떠오른 적이 전혀 없었다. 이러한 고찰은 내게 다른 많은 생각을 연달아 불러일으켰고, 그로부터 나는 내 행동의 진정한 첫 동기가 내가 오랫동안 생각해왔던 것만큼 명백하지는 않다는 점을 확인했다. 나는 인간의 마음이 맛볼 수 있는 가장 참된 행복이 선을 행하는 것임을 알고 있으며 또 그렇게 느낀다. 그러나 그런 행복은 내 힘이 미치지 못하는 곳에 놓인 지 오래이며, 진정으로 선한 단 하나의 행동을 선택하여 그 결실을 보고자 하는 것은 나처럼 비참한 처지에서는 바랄 수 없는 일이다. 내 운명을 조율하는 자들의 가장 큰 배려라는 것이 내가 보기에 모두 거짓되고 기만적인 겉모습에 불과했던 만큼, 미덕의 동기라는 것도 그들이 나를 빠뜨리고 싶어하는 함정으로 끌어들이기 위해 내게 보여주는 미끼일 뿐이다. 나는 알고 있다. 이후로 내가 유일하게 행할 수 있는 선이란, 원하지도 알지도 못하면서 악을 행할까 두려워 행동하기를 삼가는 것임을.

그러나 내 마음의 움직임을 따르면서 때로는 다른 사람의 마음을 만족시킬 수 있었던 더 행복한 시절도 있었으며, 그 기쁨을 맛볼 때마다 나는 그것을 다른 어떤 기쁨보다 더 달콤하게 여겼음을 명예롭게 인정할 의무가 있다. 이런 성향은 강렬하고 참되고 순수한 것으로, 나의 가장 은밀한 내면에 있는 그 어떤 것도 이를 거부한 적이 없었다. 그러나 나 자신의 선행이 뒤이어 불러오는 일련의 의무 때문에 그 선행에 부담을 느낀 일은 자주 있었다. 그럴 때면 기쁨이 사라져버려 처음엔 즐겁기만 하던 배려를 계속하면서도 참기 힘든 불편함만을 느끼곤 했다. 짧았지만 한창 잘나가던 시절에는 많은 사람들이 내게 도움을 청했고, 내가 도움을 줄 수 있는 경우라면 어느 누구의 청도 거절한 일이 없었다. 그러나 진심을 다했던 이런 첫 선행으로부터 내가 예측하지 못했고 더는 그 멍에에서 벗어날 수도 없게 된 일련의 약속의 사슬이 생겨났다. 내가 베푼 첫 도움이 받는 사람들의 눈에는 그뒤로 이어질 도움의 담보에 불과했던 것이다. 불운한 누군가가 자기가 받은 호의라는 갈고리를 내게 던지기만 하면 이후로 상황은 끝장나버려서, 자유롭게 자발적으로 행한 첫 선행은 다음에 그에게 필요할지도 모를 모든 호의에 대한 무한한 권리가 되어버리고, 무력함마저 나를 거기서 자유롭게 해주지 못하는 지경이 된다. 이런 식으로 무척 달콤했던 즐거움이 그뒤로는 내게 짐스러운 속박으로 변해버렸다.

그런데 이러한 사슬도 내가 세상에 알려지지 않은 채 묻혀 살던 동안은 그다지 무겁게 여겨지지 않았다. 그러나 내가 쓴 글을 통해 나란 사람이 일단 널리 알려지자—분명 중대한 잘못이고, 내 불행으로 치른 대가보다 더 큰 잘못이었다—그때부터 나는 모든 병약한 사람들 또는 스스로 그렇다고 말하는 사람들, 쉽게 잘 속는 사람을 찾아다니는 온갖 협잡꾼들, 나를 대단히 신의 있는 사람으로 여기는 척하면서 그 신용을 구실 삼아 이런저런 방법으로 나를 지배하려 드는 모든 사람들의 정보통이 되고 말았다. 사회에서 조심성 없이 지니고 있거나 간직해온 자연의 모든 성향은 선행까지 포함하여 그 본성이 바뀌면 대체로 원래 유익했던 만큼 종종 해로운 것으로 변한다는 사실을 내가 알게 된 것이 바로 그 무렵이다. 그 숱한 잔인한 경험이 내 본래의 성향을 조금씩 바꾸어놓았다. 더 정확히 말하면 그 경험들이 본래의 성향을 기어이 그것의 진정한 한계 안에 가둠으로써, 선을 행하려는 내 성향이 타인의 악의만 부추기게 될 때는 내 성향을 맹목적으로 따르지 않게끔 내게 가르침을 준 것이다.

그러나 이런 경험에 대한 회한은 전혀 없다. 그 경험들이 깊은 반성을 통해 나 자신에 대한 인식, 그리고 내가 그토록 자주 착각하곤 했던 수많은 상황에서 내가 한 행동의 진정한 동기에 대한 새로운 빛을 마련해주었기 때문이다. 나는 흔쾌히 선행을 하려면 구속 없이 자유롭게 행동해야 한다는 사실과, 의무가 되는 것만으로도 선행의 즐거움은 내게서 모두 사라지고 만다는 사실을 알게 되었다. 그때부터는 의무의 무게가 가장 달콤한 즐거움도 무거운 짐으로 만들어버렸으며, 『에밀』

에서도 언급했던 것 같은데,* 여론이 터키인들에게 남편의 의무를 다할 것을 강하게 주장하던 시대에 내가 터키 사람들 사이에 있었더라면 나는 나쁜 남편이었을 것이다.

바로 이 점이 나 자신의 미덕에 대해 내가 오랫동안 가져왔던 생각을 크게 바꿔놓았다. 자신의 성향을 따르는 것은, 또한 성향이 우리를 이끌어 선을 행하는 기쁨을 맛보는 것은 미덕이라고 할 수 없기 때문이다. 미덕은 의무가 우리에게 명령을 내릴 때 그 명령을 행하기 위해 우리 자신의 성향을 억제하는 것에 있으며, 바로 이것이 내가 세상 사람들보다 잘할 줄 몰랐던 것이다. 정 많고 천성이 착한데다 나약할 정도로 동정심이 많고, 이타심이 동하는 모든 일에 정신이 고양되는 나는 마음이 끌리기만 하면 취향 때문이든 열의 때문이든 호의적으로 인정을 베풀며 기꺼이 남을 도우려는 사람이었다. 만일 내가 사람들 중에서 가장 힘센 자였더라면 가장 선량하고 자비로운 사람이었을 것이고, 내가 복수를 할 수 있다는 사실만으로도 내 안의 모든 복수의 욕망을 충분히 진정시킬 수 있었을 것이다. 심지어 나 자신의 이해관계를 거스르면서까지도 기꺼이 정의로웠을 테지만, 내게 소중한 사람들의 이해관계와 부딪칠 때는 그렇게 결심하지 못했을 것이다. 내 의무와 내 마음이 서로 맞설 때는 단지 행동을 삼가기만 하면 되는 경우 말고는 의무가 이기는 일이 드물었다. 그럴 경우 나는 거의 대부분 강했지만, 내 성향에 맞지 않게 행동하는 일은 언제나 불가능했다. 내 마음이 침묵할 때는 명령을 내리는 것이 사람이든 의무든, 심지어 필연이든, 내 의지

* 『에밀』이 아니라 『고백록』 제5권에 나오는 이야기로, 루소가 착각한 듯하다.

는 아무것도 듣지 못하고 나는 복종할 수 없을 것이다. 나를 위협하는 해악을 보면서도 서둘러 막으려 하기보다 그저 다가오게 내버려둔다. 때로는 힘겹게 시도해보기도 하지만 그런 노력에 지쳐 이내 힘이 빠져버린다. 계속할 수가 없는 것이다. 상상할 수 있는 모든 일에서 내가 기꺼이 하지 않는 일은 곧 내가 할 수 없는 일이 되어버린다.

그뿐만이 아니다. 내 욕망과 일치하는 구속이라도 너무 강하게 작용하면 이내 그 욕망을 없애버리거나 그것을 혐오로, 심지어 반감으로 바꾸기에 충분하다. 바로 이런 점에서 사람들이 요구하지 않아도 스스로 행했을 선행도 누군가가 요구하면 괴로운 일이 되는 것이다. 전적으로 무상無償인 선행이야말로 내가 정말 하고 싶은 일이다. 그러나 선행을 받은 자가 그로부터 계속해서 선행을 요구할 무슨 자격이라도 얻은 양 굴고 그러지 못하면 미워하기까지 할 때, 또 내가 처음에 그에게 호의를 베풀며 기뻐했다고 해서 영원히 은인이 될 의무를 내게 지울 때, 그때부터는 마음이 불편해지면서 기쁨이 사라진다. 그럴 때 내가 마지못해 하는 행동은 나약함이나 수치심에서 나온 것으로 이미 거기에 선의란 없으며, 내심 스스로 그것에 만족하기는커녕 마음에도 없이 선행을 했다는 양심의 가책을 느낀다.

나는 은혜를 베푸는 자와 그것을 받는 자 사이에는 일종의 계약이, 그것도 가장 성스러운 계약이 맺어져 있음을 알고 있다. 이는 그들이 함께 구성한 일종의 조합 같은 것으로, 일반적으로 사람들을 결합시키는 계약보다 더욱 긴밀하다. 그래서 은혜를 받은 자가 암묵적으로 감사의 의무를 진다면 은혜를 베푼 자도 마찬가지로 상대방에게 보여준 것과 같은 호의를 간직할 것을, 그리고 할 수 있을 때마다, 요구가 있을 때마다 그가 그럴 만한 자격을 잃지 않는 한 또다시 그런 행위를 해 줄 것을 약속하는 셈이 된다. 이는 명시된 조건은 아니지만 그들 사이에 막 맺어진 관계의 자연적인 결과다. 남이 요구하는 무상의 봉사를 처음에 거절하는 자는 거절당한 자에게 그 어떤 불평할 권리도 주지 않는다. 그러나 앞서 베푼 것과 같은 은혜를 같은 사람에게 다시 베풀기를 거절하는 자는 자신이 상대방에게 품도록 허락한 희망을 빼앗는 셈이 된다. 다시 말해 자기가 심어준 기대를 어기고 저버리는 셈이다. 사람들은 이러한 거절을 다른 경우보다 부당하고 더 가혹하다고 느낀다. 하지만 이 또한 마음이 좋아하고 그래서 쉽사리 포기하지 못하는 독립심의 결과이기는 하다. 내가 빚을 갚는 것은 의무를 이행하는 것이나, 내가 기부를 할 때 나 자신에게 주는 것은 기쁨이다. 그런데 의무를 다하는 기쁨은 미덕의 습관만이 만들어줄 수 있는 기쁨에 속하며, 본성에서 바로 오는 기쁨은 그것만큼 높이 고양되지 못한다.

그 많은 슬픈 경험 이후 나는 뒤이은 내 마음의 첫 움직임이 가져올 결과를 멀찍이서 예견하는 법을 배웠고, 내가 하고 싶기도 하고 할 수도 있는 선행에 무분별하게 달려들었다가 그뒤에 빠져들게 될 올가미가 무서워 자주 그만두곤 했다. 늘 이런 두려움을 느꼈던 것은 아니다. 반대로 젊은 시절에 나 자신의 선행을 통해 남에게 애착을 갖기도 했고, 마찬가지로 내 은혜를 입은 자들이 종종 이해관계보다는 감사의 마음에서 내게 애정을 보이기도 했다. 그러나 내 불행이 시작되자마자 다른 것들과 마찬가지로 이 점에서도 상황은 완전히 달라져버렸다. 그때 이후로 나는 일 세대와 조금도 닮은 구석이 없는 새로운 세대 속에서 살아왔으며, 다른 사람들에 대한 나 자신의 감정은 그들의 감정 속에서 발견한 변화로 괴로웠다. 내가 이렇게 서로 다른 두 세대에 걸쳐 연달아 만났던 동일한 사람들은, 말하자면, 차례로 각각의 세대에 동화되었다. 처음에는 진실하고 솔직하던 이들이 지금처럼 변하여 다른 모든 사람들과 똑같이 행동하게 된 것이며, 또한 시대가 달라졌다는 사실만으로 사람들이 그들처럼 바뀐 것이다. 오! 내 감정을 낳게 한 것과 반대되는 모습만 보이는 그들에게 내가 어떻게 동일한 감정을 간직할 수 있겠는가. 나는 미워하는 법을 모르기에 그들을 조금도 미워하지 않는다. 하지만 그들이 마땅히 받아야 할 멸시를 애써 참거나 감출 수는 없다.

어쩌면 나는 나 자신도 모르게 필요 이상으로 스스로를 바꿔왔는지도 모른다. 내가 처한 상황에서 그 어떤 천성이 변질되지 않고 버틸 수 있겠는가? 자연이 내 마음에 넣어준 그 모든 좋은 자질이 내 운명으로 인해, 그리고 내 운명을 자신들 마음대로 하려는 자들에 의해 나 자신에게나 남에게 해롭게 변질되어왔음을 이십 년 동안의 경험을 통해 확신했기에, 이제는 내게 권하는 선행을 저들이 내게 치는 덫, 어떤 악의가 감춰진 덫으로 볼 수밖에 없다. 선행의 결과야 어떠하든 내가 베푼 호의의 공적은 여전히 유효하다는 사실을 알고 있다. 그렇다, 그 공적은 분명 언제나 행위 속에 들어 있지만 이미 내적인 매력은 없어졌으며, 그런 자극이 없어지자마자 나는 마음속으로 무관심과 냉담함만을 느낄 뿐이다. 또한 정말로 유익한 일을 하는 것이 아니라 남에게 속아 넘어가는 짓만 하게 될 것이라 확신하기에, 이성의 비난에 자존심의 격분이 더해져 내게 혐오와 반발심만 불러일으킬 뿐이다. 자연스러운 상태에서라면 열의와 열정으로 가득찼을 텐데 말이다.

영혼을 고양하고 강화하는 역경이 있는가 하면 영혼을 나약하게 만들고 죽이는 역경도 있다. 지금 내가 겪고 있는 역경이 바로 그렇다. 내 영혼에 어떤 나쁜 효모가 조금이라도 있었더라면, 역경이 그것을 엄청나게 발효시켜 나를 미치게 만들었을 것이다. 그러나 역경은 나를 쓸모없는 자로 만들었을 뿐이다. 나 자신과 남을 위해 선을 행할 수 없게 된 나는 행동을 삼간다. 그리고 강요되었기 때문에 무죄인 이 상태는, 비난받지 않고 내 타고난 성향에 온전히 나를 맡기는 데서 일종의 즐거움을 발견하게 해준다. 해야 할 선행만 보이는 경우조차 행동할 기회를 피하고 있으니 내가 분명 지나치긴 하다. 그러나 나는 남들이 내가 상황을 있는 그대로 보도록 내버려두지 않는다는 것을 확신하기에 그들이 상황에 덧씌워놓은 외관에 근거해 판단하기를 삼가며, 또 그들이 어떤 속임수로 행동의 동기를 감추더라도 그 동기가 내 손이 닿는 곳에 놓여 있기만 하다면 그것이 속임수임을 충분히 확신할 수 있다.

어려서부터 운명은 내게 첫 함정을 내밀었고, 그것이 오랫동안 나를 온갖 함정에 쉽사리 빠져들게 했던 것 같다. 나는 세상에서 가장 남을 잘 믿는 성격을 타고났고, 사십 년 내내 이 믿음은 단 한 번도 배신당한 적이 없었다. 갑자기 다른 종류의 사람들과 사물들 속에 떨어진 나는 그 어느 것 하나 알아채지 못한 채 수많은 계략에 걸려들었고, 이십 년간의 경험도 나의 운명을 가르쳐주기에는 충분하지 못했다. 사람들이 내게 아낌없이 보여주는 짐짓 점잖은 태도 속에 기만과 거짓밖에 없음을 일단 확신한 나는 재빨리 다른 극단으로 치달았다. 한번 자기 본성에서 빠져나오면 더이상 우리를 제지시키는 한계란 없기 때문이다. 그때부터 나는 사람들이 싫어졌고, 이 점에서는 그들의 의지와 내 의지가 일치하여 그들의 온갖 간계가 나를 그들에게서 멀어지게 하는 이상으로 내 의지도 나를 그들에게서 멀리 떼어놓았다.

그들이 무슨 짓을 해도 소용이 없다. 이런 혐오가 결코 증오에까지 이를 수는 없기 때문이다. 나를 그들에게 예속시키려다 그들 자신이 내게 종속된 것을 생각하면, 진정으로 그들에게 동정심을 느낀다. 내가 불행하지 않다면 그들 자신이 불행한 것인데, 나 자신을 돌아볼 때마다 언제나 그들이 불쌍하게 여겨진다. 이런 판단에 자만심이 섞여 있을지도 모르지만, 그들을 미워하기에는 나 자신이 그들보다 한참 위에 있다는 느낌이 든다. 그들은 기껏해야 내게 경멸을 불러일으킬 뿐, 결코 증오까지 느끼게 하지는 못한다. 요컨대 나는 나 자신을 너무나 사랑해서 그 누구도 미워할 수가 없는 것이다. 그것은 내 존재를 위축시키고 억압하는 일이 될 텐데, 그러기보다는 내 존재를 온 세계에 펼치고 싶다.

나는 그들을 미워하느니 차라리 피하고 싶다. 그들의 모습은 내 감각에 충격을 주고, 그 감각을 통해 수많은 잔인한 시선이 나를 괴롭힌다는 느낌을 불러일으켜 또 마음을 자극한다. 그러나 그런 불편함은 그것을 유발한 대상이 사라지자마자 이내 그친다. 그들이 눈앞에 있으면 나도 모르게 그들에게 신경이 쏠리지만, 그들에 대한 생각을 떠올리면서 그러는 일은 결코 없다. 더이상 보이지만 않으면, 내게 그들은 존재하지 않는 것과 마찬가지다.

그들은 심지어 나와 관련 있는 일에서만 나와 무관한 존재들이기도 하다. 왜냐하면 그들끼리의 관계에서는 내가 관람하는 연극의 등장인물들처럼 그들이 내 관심을 끌고 나를 감동시킬 수도 있기 때문이다. 내가 정의에 무관심해지려면 나의 도덕적 존재가 소멸되어야 할 것이다. 불의와 악의가 자행되는 장면은 지금도 내 피를 분노로 끓어오르게 하는 반면, 허세도 과시도 찾아볼 수 없는 미덕의 행위는 언제나 나를 기쁨으로 전율하게 하며 지금도 감미로운 눈물을 자아낸다. 그러나 반드시 나 자신이 그 행위들을 보고 평가해야 한다. 내 이력으로 볼 때, 미치지 않고서는 내가 무슨 일에 대해서건 남들의 판단을 채택하거나 남의 믿음에 기대어 무엇을 믿는 일은 없기 때문이다.

내 모습과 용모가 내 성격과 천성이 그렇듯 사람들에게 전혀 알려지지 않았더라면, 나는 지금도 사람들 사이에서 무난하게 살고 있었을 것이다. 내가 그들에게 완전히 낯선 사람인 한에서는 그들과의 교제를 좋아했을 수도 있다. 그들이 내게 전혀 관심이 없다면, 아무 구속도 받지 않고 타고난 성향에 나를 내맡긴 채 지금도 그들을 좋아할지도 모른다. 그리하여 보편적이면서 아무 사심도 없는 호의를 그들에게 베풀지도. 그렇지만 특별한 애착을 갖는 일도, 어떤 의무의 멍에를 지는 일도 없이 자유롭게 나 스스로 그들을 위해, 그들이 자존심 때문에, 또 온갖 법률의 구속 때문에 그토록 실행에 옮기기 힘들어하는 모든 일을 하려 들 것이다.

내가 그러도록 태어났듯이 자유롭게, 사람들에게 알려지지 않은 채 고립되어 있다면, 나는 선한 일만 했을 것이다. 내 마음속에는 어떤 해로운 정념의 씨앗도 없기 때문이다. 내가 만일 하느님처럼 눈에 보이지 않고 전능했다면, 하느님처럼 자비롭고 어질었을 것이다. 힘과 자유가 훌륭한 인간을 만든다. 약함과 예속은 악한 자들만 만들어낸다.

내게 기게스의 반지*가 있었다면, 나를 인간들에게 종속된 상태에서 끌어내고 그들을 내게 종속시켰을지도 모른다. 나는 자주 허황한 공상에 빠져, 나라면 그 반지를 어떻게 썼을지 생각해보곤 했다. 권력 옆에는 틀림없이 남용의 유혹이 있을 것이기 때문이다. 내 욕망을 마음껏 채울 수 있고 누구에게도 속지 않고 뭐든지 할 수 있다면, 나는 과연 무엇을 한결같이 바랐을까? 오직 한 가지, 모든 사람들이 만족스러워하는 것을 보는 일이었을 것이다. 사람들이 행복해하는 모습에만 내 마음이 한결같이 감동할 수 있을 것이고, 거기에 기여하겠다는 강렬한 욕망이야말로 나의 지속적인 열정이었을 것이다. 편파적이지 않고 늘 공정하며 나약하지 않고 언제나 선한 나는 맹목적인 불신도 억제할 수 없는 분노도 똑같이 경계할 것이다. 왜냐하면 사람들을 있는 그대로 보고, 쉽게 그들의 속마음을 읽어내는 나는 내 모든 애정을 마땅히 받을 만큼 사랑스러운 자도, 내 모든 증오를 마땅히 받을 만큼 가증스러운 자도 거의 발견하지 못했을 것이며, 또 남을 해치려들면 자신도 해를 당한다는 사실을 확실히 알기에 그들의 악의마저도 불쌍히 여겼을 것이기 때문이다. 아마 나도 즐거울 때에는 이따금 기적을 일으키고 싶은 유치한 생각도 들 것이다. 그러나 나 자신의 이익은 전적으로 도외시하고 천성만을 계율로 삼기에 엄중하게 정의로운 몇몇 행위를 바탕으로 공정하고 자비로운 행동을 무수히 했을 것이다. 신의 섭리의

* 플라톤의 『국가』 제2권에 소개된 전설로, 리디아 왕국의 양치기 기게스는 우연히 자기 모습을 보이지 않게 만드는 마력을 지닌 반지를 손에 넣어 왕을 죽이고 왕위에 오른다. 플라톤은 이 '기게스의 반지'를 갖고 있다면 굳이 도덕적으로 행동할 필요가 있는가를 논했다.

집행자이자 내 능력껏 하느님의 계율을 분배하는 자로서, 『황금전설』*이나 생메다르 묘지**의 기적 이상으로 현명하고 이로운 기적들을 행했을 것이다.

사람들 눈에 보이지 않아 어디든 들어갈 수 있는 능력은 자칫 내가 저항하지 못할 유혹을 자초하게끔 할지도 모르는데, 일단 그런 잘못된 길에 들어서게 되었다면 그 유혹에 이끌릴 수밖에 없지 않겠는가? 내가 순순히 이끌리지는 않았을 거라든가, 그런 치명적인 비탈길에서 이성이 나를 저지했을 거라며 우쭐댄다면 본성과 나 자신을 제대로 알지 못하는 셈이다. 다른 모든 점에서는 자신을 믿는 나도 이 점에서만은 그르쳤을 것이다. 자신의 능력으로 인간을 넘어선 자는 인간성의 약점을 넘어섰을 것이며, 그렇지 않다면 그 남아도는 힘은 실상 그를 남들보다 못하게, 그의 힘이 남들과 같을 때만도 못하게 만드는 데 쓰일 뿐이리라.

모든 점을 고려해보건대, 마법의 반지가 내게 무슨 어리석은 짓을 하도록 만들기 전에 던져버리는 편이 나을 것이다. 사람들이 지금의 나와는 전혀 다른 나를 보겠다고 우겨대고 내 모습이 그들에게 부정한 행동을 자극한다면, 그들이 나를 보지 못하도록 피해야지 그들 사이에서 내 모습을 감출 일이 아니다. 내 앞에서 숨어야 할 쪽은 그들이며, 그들이 모의한 공작을 내게 감추고 햇빛을 피해 두더지처럼 땅속으로

---

* 13세기 이탈리아 제노바의 대주교가 집성한 성인전으로, 『성인 이야기』라고 명명되다가 널리 유포되고 신앙을 넓히는 데 도움이 되어 '황금'이라는 이름이 붙었다.

** 파리 생메다르 성당의 묘지로, 1727년 파리의 부사제가 이곳에 묻힌 뒤 방문자의 병이 낫는 기적이 잇따르자 1732년 폐쇄되었다.

파고들어가야 하는 쪽도 바로 그들이다. 나로서는 그들이 할 수만 있다면 나를 봐주기를 바라고 실제로 그 편이 더 낫지만, 이것은 그들에게 불가능한 일이다. 그들은 나 대신 자신들이 만들어낸 장자크, 제멋대로 미워하려고 그들 마음대로 만든 장자크만을 볼 것이기 때문이다. 그러므로 그들이 나를 보는 방식에 마음이 상한다면, 그것은 내 잘못이다. 나는 그것에 진정으로 관심을 가져서는 안 된다. 그들이 보고 있는 것은 내가 아니기 때문이다.

이 모든 성찰에서 내가 이끌어낼 수 있는 결론은 모든 것이 제약과 책임과 의무인 시민사회에 내가 결코 적합하지 않았다는 사실과, 독자적인 내 천성 때문에 다른 사람들과 함께 살기를 바라는 자에게 필연적으로 따르는 속박을 견딜 수 없었다는 점이다. 자유롭게 행동하는 한 나는 선하며 선한 일만 한다. 그러나 필연적인 것이건 사람들 때문이건 속박을 느끼기만 하면 나는 곧 반항하거나, 아니 더 정확히 말해 고집불통이 되고 이내 완전히 무력해져버린다. 내 의지와 반대되는 일이라면 무슨 일이 있어도 하지 않는다. 나는 나약하기 때문에 내 뜻을 따르는 일도 하지 못한다. 내가 행동을 그만두게 되는 것은, 내 약점이 행동에 있고, 내 힘이 전적으로 소극적이기 때문이며, 내 과오는 할 일을 하지 않는 태만에서 오는 것이지 일삼아 해서는 안 될 일을 해서가 아니다. 이전에도 나는, 인간의 자유는 자신이 하고 싶은 일을 하는 데 있는 것이 아니라, 하고 싶지 않은 일을 절대로 하지 않는 데 있다고 생각했다. 바로 이것이 내가 늘 원했고 자주 마음속에 품었던 자유이나, 내가 동시대 사람들에게 가장 빈축을 샀던 것도 이 자유 때문이었다. 적극적이고 수선스러우며 야심 많고 남들의 자유를 미워하고 그들 자신의 자유조차 원하지 않는 저들로서는, 가끔 저들 뜻대로 되기만 한다면, 아니 더 정확히 말해 남의 뜻을 지배할 수만 있다면, 평생 내키지 않는 일을 하느라 스스로를 괴롭히기도 하고, 남에게 군림하기 위해 그 어떤 비천한 짓도 마다하지 않을 것이기 때문이다. 따라서 그들의 잘못은 나를 쓸모없는 구성원으로 치부해 사회에서 격리시킨 일이 아니라, 나를 해로운 구성원으로 치부해 내쫓은 일이다. 내가 선을 행한 적이 거의 없다는 사실은 인정하지만, 악행으로 말하자면 평생 내 의지 속에 들어온 일조차 없으며, 실제로 나보다 악을 덜 행한 인간이 세상에 있을까도 의문스럽기 때문이다.

일곱번째 산책

내 오랜 몽상을 한데 모으는 일이 이제 막 시작되었는데, 나는 벌써 끝에 다다른 듯한 느낌이다. 뒤이어 다른 소일거리가 생겨 내 마음을 사로잡더니 몽상할 시간마저 앗아간다. 어처구니없이 일에 몰두해 있으니, 내가 생각해보아도 우습다. 그러나 지금 내 상황에서는 모든 일에서 거리낌없이 내 성향을 따르는 것 말고는 이제 다른 행동 기준이 없기 때문에 몰두하지 않을 이유도 없다. 운명을 어찌할 수는 없고, 내가 가진 것이라고는 순진무구한 성향뿐이며, 사람들의 온갖 판단이 이제 내게는 아무것도 아니기에 아직 내 힘이 닿는 일에서라면 공중 앞에서건 나 혼자 있을 때건 내 마음대로 하는 것 외에 다른 기준 없이, 또 내게 남은 조금의 힘 외에 다른 척도 없이 하고 싶은 일을 모두 하는 것이야말로 곧 지혜로운 처신이 될 것이다. 그리하여 이제 나는 먹을 것이라고는 건초뿐이고 할 일이라고는 식물학뿐인 처지에 놓였다. 이미 나이가 꽤 들어서의 일이지만, 나는 스위스에서 디베르누아 박사에게 식물학의 기초 지식을 얻었고, 여행하는 동안 식물채집을 즐기며 식물계에 대해 지식도 웬만큼 갖추게 되었다. 하지만 예순이 넘은 나이에 파리에만 박혀 있다보니 본격적으로 식물을 채집할 기력이 없어지기 시작했고, 게다가 악보 베끼는 일에 몰두하느라 다른 일이 필요치 않았던 탓에 더는 필요 없는 소일거리를 단념해버렸다. 산책중에 파리 주변에서 발견하곤 했던 흔한 식물들을 가끔 다시 보는 것으로 만족하고, 식물표본을 돌려주고 책들도 팔아치웠다. 그러는 동안 내가 알고 있던 얼마 안 되는 지식마저 내 기억에서 완전히, 머리에 새길 때보다 훨씬 더 빠른 속도로 지워지고 말았다.

예순다섯이 지나 얼마 없던 기억력도, 들판을 쏘다닐 만큼은 남아 있던 기력도 없어지고, 안내인도 책도 정원도 식물표본도 없는 마당에 나는 갑자기 이 엉뚱한 짓에 다시, 그것도 처음에 몰두할 때보다도 더 열정적으로 사로잡혔다. 이렇게 해서 나는 뮈레의 「식물계」*를 전부 외우고 지구상에 알려진 식물들은 모조리 다 알아보겠다는 학구적인 계획에 진지하게 몰두했다. 식물학 책들을 다시 살 형편이 안 되어 빌려온 책들을 베껴야만 했는데, 먼저 것보다 더 다채로운 식물표본을 만들기로 결심하고서, 바닷가와 알프스의 온갖 식물들과 인도의 온갖 나무들을 그 안에 다 넣을 때까지 우선은 손쉽게 별꽃, 처빌, 서양지치, 개쑥갓부터 시작한 참이다. 학자답게 새장에서도 식물들을 채집하며

---

* 스웨덴의 식물학자 요한 안드레아스 뮈레는 1774년 자신의 스승인 린네의 『자연의 체계』를 독일어로 번역해 출간하면서 「식물계」라는 라틴어 서문을 붙였다.

새로운 풀과 마주칠 때마다 "식물이 또 하나 늘었군" 하고 만족스럽게 혼잣말을 하기도 한다.

이처럼 내 변덕을 따르기로 한 방침에 대해 애써 변명할 마음은 없다. 지금의 내 상황에서 즐거움을 주는 소일거리에 몰두하는 것은 대단히 지혜로운 일일 뿐만 아니라 훌륭한 미덕이기도 하다고 믿는 나로서는 이러한 변덕이 제법 합당하다고 생각하기 때문이다. 마음속에 복수나 증오의 싹이 트는 것을 내버려두지 않는 방법으로 내 처지에서도 소일거리에 대한 취미를 찾아내려면, 확실히 성마른 모든 격정에서 순화된 천성을 지녀야만 한다. 또한 이것은 나를 박해하는 자들에게 내 방식으로 복수하는 길인데, 그들과 무관하게 내가 행복해지는 것 이상으로 그들을 잔인하게 벌할 수는 없을 것이다.

그렇다. 분명 이성은 나를 사로잡아 그 무엇으로도 내가 따르는 것을 막지 못하는 모든 성향에 나 자신을 맡기도록 허락하고, 심지어 그렇게 하도록 지시하기까지 한다. 그러나 왜 그 성향이 내 마음을 끄는지, 늙고 노망 난 이미 노쇠하여 몸도 무겁고 능력도 기억력도 없는 나에게 젊은이들이 하는 체력 훈련이나 초등학생 공부를 다시 하게 하는, 이득도 발전도 없는 헛된 연구에서 내가 어떤 매력을 찾아낼 수 있을지는 가르쳐주지 않는다. 그것은 나도 이유를 밝혀내고 싶은 이상한 일이다. 이유만 알 수 있으면 내가 마지막 여가를 바쳐 얻으려는 나 자신에 대한 인식에 새로운 빛을 던져줄 수도 있을 것 같다.

가끔은 꽤 깊이 생각해보기도 했지만, 기꺼이 그렇게 한 적은 드물고 거의 언제나 마지못해 강제로 하듯 했다. 몽상은 피로를 풀어주고 나를 즐겁게 해주지만, 생각은 나를 지치고 우울하게 만든다. 생각하는 일은 언제나 내게 고통스럽고 아무런 매력도 없는 일이었다. 때로는 몽상이 사색으로 끝나기도 하지만, 그보다는 사색이 몽상으로 끝나는 일이 더 잦았고, 그렇게 몽상 속을 헤매는 동안 내 영혼은 다른 모든 기쁨을 넘어서는 황홀감 속에서 상상의 날개를 타고 배회하며 공상에 빠져든다.

완전히 순수한 상태에서 몽상을 맛보는 동안 그 외의 모든 일은 언제나 따분하기만 했다. 그러나 외부에서 온 이상한 충동에 의해 문필가의 길로 뛰어든 내가 정신노동의 피로와 불운한 명성의 성가심을 깨닫게 되었을 때, 그와 더불어 나의 달콤한 몽상 역시 활기를 잃고 식어간다는 점을 깨달았다. 곧 본의 아니게 한심해진 내 처지를 걱정할 수밖에 없게 된 지금, 나는 오십 년 동안 내게서 행운과 영광을 대신해주고 시간을 들이는 것 말고는 다른 대가 없이 한가로움 속에서 나를 누구보다도 행복한 사람으로 만들어준 그 소중한 황홀감을 이제 매우 드물게만 다시 맛볼 수 있게 되었다.

몽상을 하면서 나는 심지어 내 불행에 겁먹은 내 상상력이 결국에는 그쪽으로 활동 방향을 바꾸지 않을까, 또 점점 더 가슴을 죄어오는 지속적인 고통이 마침내는 그 무게로 나를 짓누르지 않을까 두려워해야만 했다. 이런 상태에서 나의 타고난 본능은 나를 슬프게 하는 모든 생각을 피하게 함으로써 내 상상력을 침묵시키고, 내 주의력을 나를 에워싼 대상들에 집중시킴으로써 그때까지 거의 덩어리째로 그 전체만을 관조했던 자연의 광경을 처음으로 낱낱이 살펴보게 해주었다.

나무, 관목, 식물은 땅의 몸치장이고 옷이다. 눈앞에 돌과 진흙과 모래만 펼쳐놓는 헐벗은 들판의 모습만큼 쓸쓸한 것도 없다. 그러나 자연에 의해 생기가 돌고 물이 흐르고 새들이 노래하는 가운데 결혼 예복을 차려입은 땅은 동물계, 식물계, 광물계의 어울림 속에서 생명과 흥미와 매력으로 가득찬 광경을, 사람의 눈과 마음을 결코 지치게 하지 않는 유일한 광경을 보여준다.

바라보는 자의 영혼이 예민할수록, 그 조화가 자신에게 가져다주는 황홀감에 더 깊이 빠져든다. 그때 감미롭고 깊은 몽상이 감각을 사로잡으면서 그는 달콤한 도취감을 느끼며, 그 거대한 아름다운 체계 속에 자신이 녹아들어 그 체계와 일체가 됨을 깨닫는다. 그럴 때면 모든 개별적인 대상들이 그에게서 빠져나가고, 전체 속에서만 모든 것을 보고 느낀다. 전체를 파악하려고 애썼던 저 우주를 부분 부분 관찰할 수 있으려면 어떤 특별한 상황이 그의 사고를 좁히고 상상력의 경계를 지어주어야 한다.

점차 빠져들던 낙담 속에서 증발하고 소멸되는 남은 열기를 간직하기 위해 고뇌에 짓눌려 오그라든 내 마음이 제 주위로 모든 마음의 움직임을 끌어모으고 집중시키고 있던 때, 자연스럽게 내게 일어난 일이 바로 이것이다. 나는 고통을 들쑤실까 겁이 나 감히 생각할 엄두도 내지 못한 채 숲과 산을 무기력하게 헤매고 있었다. 고통의 대상들을 거부하는 내 상상력은, 감각이 주변 대상들의 가볍지만 감미로운 인상에 빠져들도록 내버려두었다. 내 눈은 끊임없이 이것에서 저것으로 옮겨 다녔으니, 그 변화무쌍한 다양함 속에 내 눈을 사로잡고 오래 붙들어 두는 것이 없을 리 없었다.

나는 불행한 가운데서도 머리를 쉬게 해주고 즐겁게 해주며, 기분을 전환시켜주고 또 괴로움을 멎게 하는 이런 눈요깃거리들을 좋아하게 되었다. 여러 대상의 성질이 기분 전환에 큰 도움을 주고, 그것을 더욱 매력적인 것으로 만든다. 그윽한 향내, 강렬한 빛깔, 더없이 우아한 형태 등이 우리의 관심을 붙잡아둘 권리를 얻으려 서로 시새우며 다투는 것만 같다. 그토록 감미로운 감각들에 잠기려면 즐거움을 좋아하기만 하면 되는데, 그런 자극을 받은 사람 모두에게서 이러한 효과가 나타나지 않는다면 그것은 타고난 감수성이 부족하기 때문이지만, 대다수 사람들의 경우에는 머릿속이 다른 생각들로 꽉 차 있어 감각을 건드리는 대상들에게 자기를 조금만 내어주기 때문이다.

안목 있는 사람들의 관심을 식물계에서 멀어지게 하는 데 기여하는 게 또 있다. 바로 식물에서 약과 치료책만 찾는 습관이다. 테오프라스토스*는 다른 시도를 했는데, 이 철학자는 고대의 유일한 식물학자라 할 수 있다. 그런 이유로 그는 우리 시대에는 거의 알려져 있지 않다. 그런데 디오스코리데스** 같은 위대한 처방 자료 편찬자와 그 주석자들 덕분에 의학이 약초로 둔갑한 식물들을 독점한 결과, 사람들은 식물에서 눈에 보이지 않는 것, 즉 누구나 식물에게 부여하고 싶어하는 이른바 효능밖에 못 보게 되었다. 사람들은 식물의 조직이 그 자체로 마땅히 관심을 받을 수 있다는 생각은 하지 못한다. 조개껍질을 학술적으로 정리하느라 일생을 보내는 사람들도 식물학에, 그들이 말하듯이, 특성에 관한 연구가 포함되지 않으면 쓸모없는 연구일 뿐이라고 조롱

* 그리스의 철학자이자 식물학의 창시자로 꼽힌다. 플라톤과 아리스토텔레스의 사상을 바탕으로 식물 간의 연관성을 연구했고 『식물지』 『식물의 본원에 대하여』를 저술했다.

** 그리스의 식물학자이자 약학자. 그가 쓴 『약물지』는 16세기까지 약초학의 권위서로 여겨졌다.

한다. 다시 말해, 거짓을 말하지 않고 어느 것에 대해서도 아무런 말이 없는 자연에 대한 관찰을 포기하지 않고, 우리에게 자신들의 말을 믿어야 한다며 이런저런 많은 주장을 하지만 그 말조차 다른 사람의 권위에 근거한 경우가 태반인 그런 거짓말쟁이들의 권위를 전적으로 따르고 지지하지 않는다면 말이다. 울긋불긋한 초원에서 발을 멈추고 그 초원을 반짝이게 하는 꽃들을 차근차근 살펴보라. 당신의 모습을 본 사람들은 당신을 의사의 조수로 여기고 아이들의 버짐이나 어른들의 피부병, 말의 비저병을 치료할 수 있는 풀들을 물어볼 것이다. 이런 불쾌한 편견이 다른 나라들, 특히 영국에서는 린네 덕분에 어느 정도 깨졌는데, 그는 식물학을 약학부로부터 끌어내어 자연사와 집을 관리하는 용도로 돌려놓았다. 그러나 이러한 연구가 사교계 사람들 사이로 덜 스며든 프랑스에서는 이 점에서 여전히 뒤떨어져 있는 탓에, 런던에서 희귀한 나무와 식물로 가득찬 어느 수집가의 정원을 본 파리의 한 재사才士가 칭찬이랍시고 "정말 멋진 약제사의 정원이군요!"라고 외쳤을 정도다. 그렇다면 최초의 약제사는 아담이다. 에덴동산보다 식물이 더 잘 갖춰진 정원을 상상하기란 쉽지 않으니 말이다.

이런 약용적인 견해가 식물학 연구를 즐거운 일로 만들기에 적합하지 않은 것은 분명하다. 그것은 울긋불긋한 초원과 꽃들의 광채를 바래게 하고 숲의 생기를 떨어뜨리며, 푸르른 녹음을 무미건조하고 불쾌한 것으로 만들어버린다. 매력적이고 우아한 온갖 형상들도 이 모두를 막자사발에 빻을 생각뿐인 자에게는 거의 흥미를 주지 못하며, 관장제로 쓰일 약초들 사이에서 여성용 모자에 달 꽃장식을 구하러 갈 사람은 없을 것이다.

이 모든 약학은 내가 가진 전원의 이미지를 전혀 더럽히지 못했으며, 탕약이나 고약보다 그 이미지와 동떨어진 것도 없었다. 밭과 과수원, 숲과 그곳에 사는 많은 생물들을 가까이서 바라보면서 식물계란 자연이 인간과 동물에게 준 식품 저장고라는 생각은 자주 했지만, 거기서 약물과 치료제를 찾을 생각은 들지 않았다. 나는 자연의 다양한 산물들 중에서 내게 그런 용도를 알려주는 것을 본 적이 없는데, 자연이 만일 우리에게 그것을 권장했다면 먹을 수 있는 것들에 대해 그랬듯이 그 선택법도 보여주었어야 할 것이다. 만일 숲을 거니는 동안 열병이나 담석, 통풍, 간질을 떠올리며 인간의 병약함을 생각하게 된다면 내가 숲을 쏘다니며 느끼는 기쁨마저 깨져버릴 것만 같다. 더군다나 나는 식물을 두고 그것에 있다고 여겨지는 대단한 효능에 대해 왈가왈부할 생각이 없다. 다만 그러한 효능이 실제로 있다고 가정하고도, 병자들이 계속해서 병을 앓는 것은 그들에게 정말 짓궂은 일이라는 점만 말해두겠다. 왜냐하면 사람들이 걸리는 많은 질병들 중에서 그 어느 것도 스무 종의 약초로 완전히 치료되는 것은 없기 때문이다.

모든 것을 언제나 우리의 물질적인 이해관계와 관련짓고 도처에서 이윤이나 치료제만 찾게 만들며, 늘 건강하기만 하면 모든 자연을 무관심하게 바라보게 만드는 이런 사고방식을 나는 가져본 적이 없다. 이 점에서 나는 다른 사람들과 완전히 반대인 것 같다. 필요에서 비롯된 모든 것은 내 사유를 어둡게 만들고 망쳐놓는 반면, 내 육체의 이해관계를 완전히 도외시할 때만은 정신적인 기쁨에서 진짜 매력을 찾을 수 있었으니 말이다. 그러니 설령 내가 의학을 믿는다 하더라도, 또 그 치료법이 마음에 든다 할지라도, 그 일에 전념하면서는 이해관계를 떠난 순수한 명상이 주는 저 즐거움을 결코 찾아낼 수 없을 것이며, 내 영혼이 내 몸과 묶여 있다고 느끼는 한은 영혼이 들떠서 자연에 초연해지는 일은 있을 수 없을 것이다. 하기야 일찍이 의학을 크게 믿었던 적이 없음에도 내가 존경하고 좋아하는 의사들은 매우 신뢰하여 그들이 전권을 가지고 내 몸을 돌보도록 내맡기곤 했다. 십오 년간의 경험* 에서 나는 큰 대가를 치르고 가르침을 얻었다. 이제는 자연의 법칙들만 따르면서 애초의 건강을 되찾았다. 의사들이 내게 다른 불만은 없었다 하더라도 그들이 나를 증오한다는 사실에 누가 놀라겠는가? 나는 의사들의 기술이 헛되고 그들의 진료가 무용하다는 사실의 산 증거다.

아니다. 개인적인 어떤 것, 내 몸의 이해관계와 관련된 어떤 것이 내 영혼을 진정으로 사로잡을 수는 없다. 나 자신을 잊을 때보다 더 즐겁게 명상에 잠기거나 몽상을 하는 일은 결코 없다. 말하자면 내가 존재들의 체계 속에 녹아들어 자연 전체와 일체가 되는 데서 나는 표현할 수 없는 도취감과 황홀감을 느낀다. 사람들이 내 형제였던 동안 나는 지상에서의 행복을 설계했었다. 그 계획들은 언제나 전체와 관련된 것이었기에 나는 오로지 공중의 행복에 기뻐했을 뿐, 내 형제들이 내가 겪는 불행 속에서만 자신들의 행복을 찾는 것을 보았을 때 말고는 개인의 행복에 대한 생각이 내 마음에 와닿은 적은 결코 없었다. 그럴 때는 그들을 미워하지 않기 위해 그들을 피해야만 했다. 그럴 때는 만인의 어머니인 자연으로 피신하여 그 품에서 형제들의 공격을 면하고자 했으며, 내게는 배신과 증오만을 품은 악인들의 사회보다 차라리 지독

---

* 『고백록』에 따르면 루소는 1746~47년경 발병한 결석으로 오래 고통받다가 1762년 의사에게 확진을 받았다. 그리고 그 무렵 의사들에게 치료받기를 그만두었다.

한 고독이 더 나아 보였기에 나는 혼자가 되었고, 그들이 말하듯 사교성 없고 사람 싫어하는 괴짜가 되어버렸다.

나도 모르게 내 불행을 생각하게 될까 두려워 생각하기를 삼가야만 한다. 그 많은 고뇌가 결국엔 망쳐놓았을 즐겁지만 무기력한 상상의 잔해도 억눌러야만 한다. 치욕과 모욕으로 나를 압박하는 사람들에게 끝내는 격분하여 화를 내게 되지나 않을까 겁나서 그들을 잊으려 애써야 하는 나는, 그럼에도 나의 외향적인 영혼이 어쩔 수 없이 제 감정과 존재를 다른 존재들 위에 펼치려 들기 때문에 온전히 내 자신 속에 틀어박힐 수는 없다. 또한 나의 약해지고 느슨해진 기능들이 강력하게 붙들 수 있을 만큼 충분히 내 손에 닿는 확고하고 고정된 대상들을 더 이상 발견하지 못하기 때문에, 또 예전에 느꼈던 혼란스러운 도취감 속을 헤엄칠 만한 기력이 더는 느껴지지 않기 때문에, 이제는 예전처럼 자연의 저 거대한 바닷속으로 무모하게 뛰어들 수도 없다. 나의 사유는 이제 거의 감각에 불과하여, 내 이해력의 범위가 나를 직접 둘러싼 대상들을 넘어서지 못한다.

사람들을 피해 고독을 찾아다니고 더이상 상상하지 않고 생각도 한층 덜하게 되었지만, 그럼에도 생기 없이 우울한 무기력에 빠져 있지 못하는 활달한 기질을 타고난 까닭에, 나는 주변의 모든 것에 관심을 갖기 시작했고, 자연스러운 본능으로 그중 가장 기분좋은 대상들을 선택했다. 광물계는 그 자체로는 사랑스럽거나 매력적인 점이 전혀 없다. 땅속에 묻혀 있는 풍부한 자원들은 사람들의 탐욕을 시험하지 않기 위해 그들의 눈에서 멀리 떨어져 있는 것만 같다. 그 자원들은 언젠가 더 가까이 손닿는 거리에 있으면서도 인간이 타락함에 따라 흥미를 잃게 될 진짜 자원들을 보완할 예비 비축물로 거기에 있는 것이다. 그럴 때 인간은 가난에서 벗어나려고 산업과 수고와 노동에 도움을 청해야 한다. 땅속을 파헤치느라 생명의 위험을 무릅쓰고 건강을 해쳐가면서, 사람이 그것을 누릴 줄 알았던 때에는 땅이 스스로 제공해주었던 실재의 재화들 대신 상상의 재화들을 찾으러 그 속으로 들어가는 것이다. 이제는 바라볼 자격도 없는 태양과 햇빛을 피해 산 채로 땅속에 들어가는데, 이미 햇빛을 받으며 살 자격도 없으니 잘된 셈이다. 거기서는 채석장, 구렁텅이, 제련소, 불가마, 그리고 모루와 망치, 연기와 불로 된 장비들이 전원에서 하는 노동의 즐거운 모습을 대신한다. 광산의 고약한 공기 속에서 시들어가는 불행한 사람들, 검게 그을린 대장장이들, 흉측한 키클롭스*들의 창백한 얼굴들은 곧 땅속에서, 땅 위의 푸른 초목과 꽃과 파란 하늘, 사랑에 빠진 목동들과 건장한 농군들의 모습을 탄광의 장비로 대체한 광경인 것이다.

나도 인정하지만, 모래와 돌을 주우러 다니고 그것들로 자기 주머니나 진열실을 채우고는 박물학자인 체하기란 쉬운 일이다. 그러나 이런 종류의 수집에 몰두하고 그 정도로 그치는 자들은 대개 그 일에서 과시의 기쁨만을 찾는 무식한 부자들이다. 광물을 연구하는 데서 이득을 얻으려면 화학자나 물리학자가 되어야 한다. 이들은 고생스럽고 비용이 많이 드는 실험을 해야 하고, 실험실에서 작업해야 하며, 석탄과 도가니와 가마와 증류기 사이에서 숨이 막히도록 연기와 증기를 마셔가며 늘 생명의 위험을 무릅쓰고, 대개는 건강을 희생해가며 많은 돈과

* 그리스신화에 나오는 거인족으로 이마 한가운데 눈이 하나 있으며 대장일에 능하다.

시간을 들여야 한다. 이 모든 우울하고 고된 작업에서 대개는 지식보다 자만심이 훨씬 더 많이 생겨나니 별 볼 일 없는, 별것 아닌 몇 가지 인공 화합물을 우연히 발견하고는 자연의 모든 위대한 작용을 간파했다고 믿지 않을 화학자가 어디 있겠는가?

동물계는 우리와 더 가까이 있어 연구할 만한 보다 확실한 가치가 있다. 하지만 이 연구에도 결국 나름의 어려움과 곤경, 싫증과 고생이 있지 않은가? 놀이에서건 일에서건 누구의 도움도 기대할 수 없는 외로운 인간에게는 특히 그렇다. 하늘을 나는 새들과 물속 고기들을 뒤쫓아가 억지로 내 연구에 고분고분 따르게 할 수도 없을뿐더러, 내 연구에 쓰이려고 스스로 내게 올 리도 없는, 바람보다 더 날래고 사람보다 더 힘센 네발짐승들을 어떻게 관찰하고 해부하고 연구하고 알아보겠는가? 그러니 달팽이, 벌레, 파리 등이 내 자원이 될 것이고, 나는 숨차게 나비를 쫓거나 불쌍한 곤충들을 핀으로 꽂거나, 잡을 수만 있으면 생쥐를 해부하거나 또 우연히 찾아낸 짐승의 시체를 해부하며 생을 보내게 될 것이다. 동물 연구는 해부 없이는 아무것도 아니다. 바로 해부를 통해서 동물들을 분류하고 속과 종을 구별하는 법을 배울 수 있으니 말이다. 그것들의 습성과 특성을 연구하려면 새장, 양어장, 동물원이 있어야 할 것이다. 어떤 방법으로든 내 주변에 모여 있도록 해야만 할 것이다. 나는 그것들을 붙들어둘 생각도 수단도 없고, 동물들이 자유롭게 움직일 때 그 속도를 따라갈 만한 민첩함도 없다. 그러니 죽은 동물들을 연구하고 살을 찢고 뼈를 발라내고, 파닥거리는 내장이나 한가로이 뒤져봐야 할 것이다! 해부실이란 얼마나 끔찍한 곳인가! 역겨운 시체들, 진물 나는 납빛 살, 피, 불쾌한 창자, 무시무시한 해골들,

구역질을 일으키는 가스! 장자크가 오락거리를 찾아갈 곳은 맹세코 그런 곳은 아니다.

반짝이는 꽃들이며 울긋불긋한 초원, 시원한 그늘, 시냇물, 덤불들, 그리고 푸른 초목이여, 내게로 와 저 온갖 흉측한 대상들로 오염된 내 상상을 정화해주기를. 온갖 커다란 충동에 냉담해진 내 영혼은 이제 감각적인 대상들의 영향만을 받는다. 이제 내게는 감각밖에 없으며, 고통이나 기쁨은 오로지 감각에 의해서만 이승에서 나를 자극할 수 있다. 나를 둘러싼 아름다운 대상들에 마음이 끌린 나는 그것들을 관찰하고 바라보고 비교해보다가 마침내 분류하는 법을 익혔고, 이렇게 갑자기 식물학자가 되었다. 오로지 자연을 사랑할 새로운 이유를 끊임없이 찾아내기 위해서 자연을 연구하는 사람이라면 누구나 되고 싶어하는 식물학자 말이다.

애써 배우겠다는 것은 아니다. 그러기에는 너무 늦었다. 게다가 나는 그 많은 학문이 인생의 행복에 이바지하는 것을 결코 본 적이 없다. 다만 쉽사리 맛볼 수 있고 내 불행을 잊게 해줄 즐겁고 단순한 오락거리를 갖고 싶을 뿐이다. 태평하게 이 풀 저 풀, 이 식물 저 식물 사이를 돌아다니며 살펴보고 그 갖가지 특징을 비교해 그것들의 관계와 차이점을 기록하는 일, 그리고 마침내 식물 조직을 관찰하여 이 살아 있는 기계들의 움직임과 작용을 추적할 수 있게 되고, 때로는 그것들의 일반 법칙과 다양한 구조의 이유와 목적을 성공적으로 찾아내며, 내가 이 모든 것을 즐길 수 있게끔 해주는 손에 대한 고마움이 담긴 감탄의 매혹에 빠져드는 일에는 들여야 할 비용도 노고도 없다.

초목은 하늘의 별들이 그렇듯 즐거움과 호기심을 미끼로 사람을 자연의 연구로 인도하기 위해 땅 위에 풍성하게 뿌려져 있는 것만 같다. 하지만 별들은 우리에게서 멀리 떨어진 곳에 있다. 그것들을 잡아 우리 손이 닿는 곳으로 가까이 가져오려면 예비 지식이나 도구, 기계, 아주 긴 사다리 등이 필요하다. 초목은 본디부터 우리 가까이 있다. 우리 발밑에서, 말하자면 우리 손안에서 돋아나며, 그 본질적인 부분들이 작아서 간혹 육안으로는 볼 수 없기도 하지만, 그것들을 알아보게 해주는 도구들은 천문학의 도구들보다 손쉽게 사용할 수 있다. 식물학은 한가하고 게으른 은둔자가 하는 연구다. 뾰족한 핀 하나와 확대경 하나가 초목을 관찰하는 데 필요한 기구의 전부다. 이리저리 거닐고 마음대로 이것저것 사이를 옮겨다니며 흥미롭게 호기심을 가지고 꽃들을 하나하나 살펴보다가 그 구조의 법칙들을 알아내기 시작하면, 힘들이지 않고 매우 힘겹게 얻어낸 기쁨만큼이나 생생한 즐거움을 맛보게 된다. 이런 무익한 일에는, 정념이 완전히 평온할 때에만 느낄 수 있으나 그것만으로도 삶을 행복하고 즐겁게 만들기에 충분한 매력이 있다. 그러나 직무를 완수하기 위해서든 저술을 집필하기 위해서든 욕심 또는 허영심이라는 동기가 섞이면, 또 가르치기 위해서만 배우려 하고 저자나 교수가 되기 위해서만 식물채집을 하면, 이 모든 달콤한 매력은 이내 사라지고 식물은 우리 정념의 도구로밖에 보이지 않게 되어, 더는 어떤 참된 기쁨도 찾아볼 수 없고 알고 싶지도 않으며 다만 아는 것을 보여주려 할 뿐, 숲에서도 갈채를 받겠다는 생각에 사로잡힌 채 세상의 무대 위에 서 있게 될 따름이다. 아니면 연구실의 식물학, 기껏해야 정원의 식물학에 한정되어 자연 속에서 식물들을 관찰하는 대신 체계나 방법에만 몰두한다. 식물 하나 더 알려주지도, 자연사와 식물계에 어떤 진정한 빛도 던져주지 못하는 저 영원한 논쟁거리에만 몰두하는 것이다. 거기서부터 증오와 질투가 생겨난다. 명성에 대한 경쟁이 불러일으키는 이런 현상은 다른 학자들 못지않게, 또는 그 이상으로 식물학 저자들에게서도 나타난다. 그들은 즐거운 식물 연구를 왜곡하여 도시나 학술원들 가운데로 옮겨놓았는데, 거기서 이 연구는 수집가들의 정원에 있는 외국 식물들만큼이나 변질되고 만다.

내 의향은 이와는 전혀 달라서, 이 연구가 이젠 내게서 없어진 온갖 열정의 빈자리를 채워주는 하나의 정열이 되었다. 나는 사람들에 대한 기억과 악인들의 공격에서 최대한 벗어나기 위해 바위와 산을 오르고 골짜기로 숲으로 깊숙이 들어간다. 숲 그늘 아래 있으면 마치 적들이 없어지기라도 한 듯 나 자신을 잊고 자유롭고 평온해지며, 나무의 잎사귀들이 적들을 내 기억에서 멀어지게 하듯 그들의 공격에서도 나를 지켜줄 것만 같아, 어리석게도 내가 그들을 생각하지 않으면 그들도 내 생각을 하지 않을 거라 여기게 된다. 이런 착각에서 꽤 큰 위안을 얻었기에 내 처지와 나약함과 욕구가 허용하는 한, 나는 그 착각 속에 온전히 빠져들 것이다. 내가 처한 고독이 깊으면 깊을수록 그 빈자리를 채울 무언가가 절실히 필요해져서, 상상력이 거부하거나 기억이 밀쳐내는 대상은 사람들의 힘이 닿지 않은 자연이 내 눈앞 사방에다 제공해주는 자연적인 산물들로 보충된다. 오지로 새로운 식물을 찾으러 가는 기쁨이 나를 박해하는 사람들에게서 벗어나는 기쁨에 더해져, 인적 없는 곳에 닿으면 박해자들의 증오가 더는 쫓아오지 못하는 은신처에 온 듯 한결 편안하게 숨을 쉬게 된다.

언젠가 클레르크* 판사의 농장이 있는 라 로바일라 쪽에서 했던 식물채집은 평생 기억할 것이다. 나 혼자서 울퉁불퉁한 산길 깊숙이 들어가 나무와 바위 사이를 헤매다니다 꼭꼭 숨어 있는 매우 후미진 구석에 이르렀는데, 평생 그보다 더 야생적인 모습은 본 적이 없다. 거대한 너도밤나무들과 뒤섞인 거무스름한 전나무들 중 몇 그루는 늙어 쓰러진 채 서로 뒤엉켜서 넘지 못할 울타리를 이루어 그 구석을 막고 있었다. 어두운 울타리 사이로 난 약간의 틈새 너머에는 배를 깔고 엎드려야만 살펴볼 엄두가 나는 깎아지른 바위와 무시무시한 낭떠러지뿐이었다. 수리부엉이와 금눈쇠올빼미, 흰꼬리수리의 울음소리가 산골짜기에 울려퍼졌고, 간혹 보이는 친근한 작은 새들이 그나마 이 적막한 곳의 무서움을 덜어주었다. 그곳에서 나는 칠엽 미나리냉이, 시클라멘, 새둥지란, 커다란 타세르피티움 그리고 다른 몇몇 식물을 발견하고는 기쁨에 들떠 한참 동안 즐거웠다. 그런데 나도 모르게 조금씩 대상들의 강한 인상에 짓눌려 식물학이나 식물 등은 잊어버리고 석송과 이끼를 베개 삼아 깔고 앉아 박해자들이 나를 찾아내지 못할, 세상 누구도 모르는 피난처에 와 있다고 생각하면서 한결 마음 편히 몽상을 하기 시작했다. 그 몽상에는 곧 자만심이 섞여들었다. 무인도를 발견한 저 위대한 여행가들에 나 자신을 비유하며 혼자 흡족해서 이렇게 중얼거렸다. "틀림없이 이곳까지 뚫고 들어온 사람은 내가 처음일 거야." 나 자신이 제2의 콜럼버스인 듯 여겨졌다. 이런 생각에 으스대는 동안 멀지 않은 곳에서 뭔가 덜컹거리는 소리가 들려왔는데, 내가 아는 소리 같았다. 귀를 기울이니 같은 소리가 되풀이되면서 점점 커졌

* 외과의사이기도 하며, 식물학에 조예가 깊어 루소와 친분이 있었다.

다. 깜짝 놀라고 호기심이 생긴 나는 일어나서 소리가 나는 쪽의 가시덤불 너머를 엿보았는데, 내가 처음 왔다고 여긴 바로 그 장소에서 스무 걸음 떨어진 골짜기에 양말 공장이 보였다.

이 발견에서 내가 느낀 혼란스럽고 엇갈린 흥분을 설명할 수가 없다. 처음 든 느낌은 완전히 나 혼자인 줄 알았다가 사람들 속에 있음을 깨닫게 된 기쁨이었다. 그러나 이 느낌은 번개보다 더 빨리 스쳐가버리고, 알프스산맥의 동굴 속에 있다 해도 나를 괴롭히는 데 혈안이 된 사람들의 잔인한 손아귀에서 벗어날 수는 없을 것 같은 더 지속적이고 고통스러운 감정에 자리를 내주었다. 그 공장에도 몽몰랭 목사가 두목 노릇을 했던 그 음모*—음모의 최초 계기들은 더 먼 데 있었다—에 가담하지 않은 자가 두 명도 채 안 될 거라고 확신했기 때문이다. 나는 이런 서글픈 생각을 얼른 떨쳐버리고, 아이 같은 내 헛된 허영심에, 또 그로 인해 내가 우스꽝스럽게 벌을 받게 된 사실에 혼자 웃고 말았다.

과연 어느 누가 낭떠러지에서 공장을 발견하리라고 생각이나 하겠는가? 원시 자연과 인간의 산업이 이처럼 혼재되어 있는 곳은 전 세계에서 스위스밖에 없다. 스위스 전체가 생탕투안 가보다 더 넓고 긴 거리들이 숲을 가로지르고 산과 들 사이를 누비며, 드문드문 떨어져 있는 집들이 영국식 정원들로만 서로 연결되는 하나의 커다란 도시인 셈이다. 이와 관련하여 얼마 전에 뒤 페이루**와 데셰르니***, 퓌리 대

---

* 『고백록』 제7권에서 루소는 앞서 「다섯번째 산책」에서 언급된 '모티에 투석 사건'에 가담하도록 마을 사람들을 선동하고 자신에게 폭력을 휘두른 몽몰랭 목사를 고발했다고 말한다.

** 루소의 원고를 맡아 출판한 루소의 친구.

*** 루소와 함께했던 산행에 대한 회고집인 『잡문들』을 남긴 뇌샤텔의 작가.

령*과 클레르크 판사와 함께 꼭대기에서 일곱 개의 호수가 내려다보이는 샤스롱 산에서 식물채집을 했던 일이 생각났다. 이 산에는 집이 한 채밖에 없다고 했는데 그것이 책방이라고, 그것도 이 고장에서 장사가 곧잘 되는 책방이라는 말을 누가 덧붙여주지 않았다면 우리는 틀림없이 그 집주인의 직업을 짐작조차 못했을 것이다. 이런 종류의 사실 하나가 여행가들의 온갖 묘사와 설명보다 더 스위스를 제대로 이해하게끔 해주는 것 같다.

이와 같거나 거의 비슷한 성격의 또다른 사실이 있는데, 그 또한 전혀 다른 민족을 잘 이해하게 해준다. 그르노블에 머무는 동안 나는 그 지역 변호사인 보비에 씨와 함께 자주 교외로 나가 식물채집을 하곤 했다. 그가 식물학을 좋아한다거나 알아서가 아니라 나의 경호원을 자청하며, 되도록 내 곁에서 한 걸음도 떨어지지 않는 것을 원칙으로 삼고 있었기 때문이었다. 어느 날 우리는 이제르 강을 따라 가시 돋친 갈매나무가 빽빽이 들어선 곳을 산책하고 있었다. 나는 그 관목들 사이에서 익은 열매들을 발견하고는 맛을 보고 싶어졌고, 새콤한 맛이 아주 좋기에 갈증을 없애려고 열매를 먹기 시작했다. 보비에 씨는 나를 따라 하지 않고 아무런 말 없이 내 곁에 가만히 있었다. 마침 그의 친구 하나가 돌연 나타나서 열매를 조금씩 먹는 나를 보더니 말했다. "아니! 지금 뭘 하는 거죠? 이 열매에 독이 있다는 걸 모르나요?" "이 열매에 독이 있다고요?" 나는 질겁해서 소리쳤다. "그럼요," 그가 말을 이었다. "이 고장에선 모두 다 알고 있어서 아무도 먹을 생각을 안 하

* 장교 출신으로 그가 소유한 산장에서 루소는 지인들과 모임을 가졌다.

는걸요.” 나는 보비에 씨를 바라보며 말했다. “그런데도 왜 나한테 알려주지 않았소?” “감히 멋대로 그럴 수가 없었습니다.” 그가 공손하게 대답했다. 나는 주전부리하던 걸 그만두었고, 그 도피네 지방 사람의 겸손함에 웃음이 나왔다. 나는 지금도 그렇지만 자연의 맛 좋은 산물이 몸에 해로울 수가 없다고, 아니 적어도 과식하지만 않는다면 해롭지 않다고 믿고 있었다. 그렇지만 솔직히 그날은 온종일 몸 상태에 신경이 쓰였다. 그러나 약간 불안했을 뿐 평온했다. 저녁식사도 잘 먹고 잠도 잘 잤으며, 아침에는 매우 건강한 상태로 잠자리에서 일어났다. 다음날 그르노블 사람들에게 들은 바에 따르면 극소량으로도 중독된다는 그 끔찍한 갈매나무 열매를 전날 열다섯 개 내지 스무 개나 삼키고 난 뒤였는데도 말이다. 이 뜻밖의 사건이 내게는 매우 재미있게 여겨져, 그 생각이 날 때마다 변호사 보비에 씨의 유별난 조심성에 웃지 않을 수가 없다.

식물채집을 위한 나의 모든 산책, 나를 사로잡았던 대상들이 있던 곳의 온갖 다양한 인상, 그것이 내게 만들어준 관념, 거기에 뒤얽힌 사건들, 이 모두가 바로 그 장소에서 채집된 식물들을 볼 때마다 늘 내게 새로운 인상을 주었다. 언제나 내 마음을 감동시키던 저 아름다운 풍경들, 숲이며 호수며 덤불이며 바위며 산 들을 더이상은 보지 못할 것이다. 하지만 그 행복한 고장들을 더는 돌아다닐 수 없게 된 지금, 식물표본집을 펼쳐보기만 해도 곧 그 장소들로 옮겨가게 된다. 그곳에서 꺾어 온 식물의 조각들은 그 멋진 광경을 모두 생각나게 하기에 충분하다. 이 식물표본집은 내게 일종의 식물채집 일기와 같아서, 내가 새로운 매력을 느끼며 채집을 다시 시작하게 할 뿐만 아니라 그 광경을 내 눈앞에 또 한번 그려 보여주는 렌즈 구실을 한다.

나를 식물학에 집착하게 만드는 것은 바로 연속적으로 이어지는 부수적인 관념들이다. 식물학은 내 상상을 더욱 즐겁게 해주는 온갖 관념을 끌어모으고 내 상상력을 통해 그것들이 되살아나게 해준다. 초원, 하천, 숲, 고독, 무엇보다 평화와 이 모든 것 속에서 찾게 되는 안정이 식물학 덕분에 끊임없이 내 기억 속에서 되새겨진다. 식물학은 사람들의 박해와 증오, 멸시, 모욕, 그리고 그들에 대한 나의 다정하고 성실한 애착의 보답으로 그들이 내게 되돌려준 그 모든 고통을 잊게 해준다. 식물학은 내가 예전에 함께 살았던 사람들처럼 소박하고 착한 사람들 사이에 있는 평온한 거처로 나를 데려다준다. 식물학은 내 젊은 시절과 순수한 기쁨을 환기시켜 다시금 즐기게 해주며, 일찍이 인간이 겪은 운명 중에서도 가장 비참한 운명에 놓여 있는 나를 여전히 종종 행복하게 해준다.

여덟번째 산책

내 삶의 모든 상황에서 내 마음이 움직이는 경향을 생각해보다가, 내 운명의 갖가지 조합과 그것들이 내게 준 행복과 불행의 통상적인 감정 사이에 도무지 균형이라곤 없음을 깨닫고 매우 큰 충격을 받았다. 잠깐잠깐 행운이 찾아와준 시기에 그런 내 마음의 경향이 친밀하게 지속적으로 감동을 주는 유쾌한 추억거리를 남겨준 일도 거의 없지만, 반대로 내 삶이 비참할 때에도 줄곧 나 자신이 다정하고 감동적이고 감미로운 감정들로 가득차 있다고 느꼈는데, 비탄에 빠진 내 마음의 상처에 좋은 향유를 부어 괴로움을 즐거움으로 바꿔주는 것만 같았다. 그러한 사랑스러운 추억은 내가 같은 시기에 느꼈던 불행의 기억에서 벗어나 따로 되살아난다. 나의 감정은, 말하자면 운명에 의해 마음에 집중되어 있어 사람들이 귀하게 여기는 것들, 즉 그 자체로는 별 가치가 없고 행복하다고 여겨지는 모든 사람들이 관심을 두는 것들에 헛되이 쓰이지 않을 때, 나는 사는 즐거움을 더 많이 맛보았고 실제로 삶을 더 만끽했던 것 같다.

내 주변의 모든 것이 제자리에 있고, 나를 둘러싼 모든 것과 내가 살아가도록 나에게 주어진 영역에 만족할 때, 나는 그 공간을 애정으로 가득 채웠다. 개방적인 내 마음은 다른 대상들에게로까지 확장되었으며, 온갖 취향 또한 늘 내 마음을 차지하고 있던 정겨운 애착들로 인해 끊임없이 자아 밖으로 이끌려, 말하자면 자기 자신을 잊고 나와 무관한 것들에 완전히 빠져든 채 계속되는 마음의 동요 속에서 인간사의 모든 부침을 겪어보았다. 이처럼 파란 많은 삶은 내면의 평화도, 외적인 휴식도 주지 않았다. 겉으로는 행복해 보였어도 반성의 시련을 견뎌낼 수 있는 감정, 내가 정말로 만족할 수 있는 감정이라곤 없었다. 나는 남에 대해서도 나 자신에 대해서도 결코 완전히 만족하지 못했다. 세상의 소란에 어리둥절하고, 고독에 진저리가 나서 끊임없이 장소를 바꿔야만 했으며, 어디서도 편안하지 않았다. 그런데도 나는 도처에서 환대받고 초청받고 환영받았다. 적도 없었고 악의를 품거나 시기하는 사람도 없었다. 남들이 나를 돌봐주려고만 했기에 나도 많은 사람들에게 잘해주는 기쁨을 자주 맛보았고, 재산도 일자리도 후원자도, 제대로 개발하거나 알려진 그럴듯한 재능도 없었지만 나는 이 모든 것과 결부된 혜택을 누리고 있어서, 어떤 신분에서든 나보다 신세가 나아 보이는 사람은 아무도 보지 못했다. 그러니 행복해지기 위해 내게 무엇이 더 필요했겠는가? 그건 모르겠지만, 내가 행복하지 않았다는 것은 안다.

이제 세상에서 가장 불운한 자가 되기 위해 내게 뭐가 더 필요하겠는가? 그렇게 되도록 사람들이 했던 모든 일에는 부족함이 없다. 좋다. 이런 한심한 상태에서도 나는 여전히 그들 중 가장 유복한 사람과 나의 존재나 운명을 바꾸지 않을 것이다. 번영을 누리고 있는 그런 사람들 중 누군가가 되기보다는 아무리 비참해도 나 자신으로 있는 편이 훨씬 낫다. 홀로 남겨진 나는 사실 나 자신의 실체를 양식 삼아 살아가고 있지만 이는 소진되지 않으며, 설령 헛되이 되새김질을 하고, 말라버린 상상력과 흐려진 생각이 더이상 내 마음에 자양분을 제공해주지 못한다 해도 나는 나 자신에게 만족한다. 몸의 기관들에 가려지고 막힌 내 영혼은 하루하루 쇠약해지고 있으며, 저 막대한 군중의 무게에 짓눌려 가라앉아 이제는 예전과 달리 제 낡은 껍질 밖으로 솟아나올 기력도 없다.

바로 이처럼 역경은 우리에게 자기 자신을 되돌아볼 것을 강요한다. 대부분의 사람들에게 역경이 가장 견디기 어려운 까닭도 바로 이 때문일 것이다. 자책할 것이라곤 실수밖에 보이지 않는 나로서는 자신의 나약함을 탓하며 스스로 위안을 얻는다. 계획적인 악이란 내 마음에 가까이 올 수조차 없었으니 말이다.

그렇지만 완전히 정신을 놓은 상태가 아닌 한 저들이 끔찍하게 만들어놓은 내 처지를 직시하지 않거나 고통과 절망에 괴로워하지 않고서 어떻게 내 상황을 잠시라도 바라볼 수 있겠는가? 그러나 누구보다도 감수성이 예민한 나는 내 처지를 바라보면서 마음이 어지러워지는 일은 없다. 그래서 누구라도 겁에 질려 바라볼 수밖에 없는 상태에 있으면서도 안달하지 않고 태연하게, 거의 무심하게 나 자신을 바라본다.

나는 어쩌다 이렇게 되었을까? 오랫동안 알아채지도 못하고 말려든 음모를 비로소 의심하게 되었을 때만 해도 지금처럼 평온한 태도와는 거리가 멀었다. 그 새로운 발견은 나를 혼란에 빠뜨렸다. 치욕과 배신이 불시에 나를 덮쳤다. 어떤 정직한 사람이 그런 종류의 고통을 대비하겠는가? 예견이라도 하려면 그런 일을 당할 만한 사람이라야 할 것이다. 나는 저들이 내 발밑에 파놓은 모든 함정에 빠졌고, 분노와 격분과 정신착란에 사로잡혀 어찌할 바를 모르고 머리가 뒤죽박죽이 되었으며, 계속 빠져드는 그 끔찍한 어둠 속에서 더이상 나를 이끌어줄 불빛도, 내가 꿋꿋이 버틸 수 있게 또 내가 이끌려가는 절망에 저항할 수 있게 해줄 버팀목도 붙들 것도 발견하지 못했다.

이 끔찍한 상태에서 어떻게 행복하고 평온하게 살 수 있겠는가? 그런데도 나는 여전히, 아니 그 어느 때보다 더 깊이 그러한 상태에 잠겨 있다. 그 속에서 고요와 평안을 되찾아 행복하고 평온하게 살며, 평화롭게 꽃과 식물의 수술과 천진한 놀이 같은 것에 몰두한 채 그들 일은 생각조차 하지 않고 지내는 한편, 내 박해자들이 끊임없이 만들어내는 저 어처구니없는 고통들을 비웃고 있다.

어떻게 이런 변화가 일어났을까? 자연스럽게, 서서히, 별 어려움 없이 그리되었다. 첫 충격은 끔찍했다. 사랑과 존경을 받을 만하고, 그럴 자격이 있어 존경과 사랑을 받고 있다고 자부하던 내가 갑자기, 일찍이 존재한 적도 없는 흉측한 괴물로 둔갑해 있었다. 한 세대 전체가 설명도 의심도 부끄러움도 없이 이 기이한 억측 속으로 뛰어드는 것이 보인다. 나는 이 기이하고도 급작스러운 변화의 이유를 결코 알 수 없을 것이다. 격렬하게 발버둥칠수록 더 얽혀들어갈 뿐. 나는 나를 박해하는 자들에게 해명을 강요하고 싶었지만, 그들은 그럴 생각이 없었다. 별 성과 없이 오랫동안 시달리고 나니 숨을 고르고 좀 쉬어야 했다. 그래도 나는 여전히 희망을 품으며 나 자신에게 말했다. '이토록 어리석은 맹목과 터무니없는 편견이 전 인류를 매수할 수는 없을 것이다. 이런 미친 짓에 가담하지 않는 양식 있는 사람들도 있고, 속임수와 배신자들을 혐오하는 정의로운 사람들도 있다. 찾아보자. 아마도 한 사람쯤은 찾아낼 테고, 그런 사람을 찾아내면 그들도 당황할 것이다.' 찾아다녔지만 헛일이었다. 그런 사람은 발견하지 못했다. 결탁은 예외 없이 전체적이고 영구적이어서, 확신컨대 나는 이 끔찍한 추방 속에서 끝내 그 비밀을 파악하지 못한 채 생을 마치게 될 것이다.

이런 비참한 처지에서, 오랜 불안 끝에 내 운명이라 믿었던 절망 대신 평온과 고요와 평화, 그리고 행복까지 되찾게 되었다. 내 삶의 하루하루가 어제를 기쁘게 환기시켜주고, 내일이 오늘과 다른 날이기를 조금도 바라지 않을 만큼 행복까지 되찾았다.

이런 차이는 어디서 생기는 것일까? 단 하나에서 비롯된다. 그것은 내가 필연의 멍에를 군소리 없이 지고 가는 법을 배웠기 때문이다. 온갖 것에 매달려보려 계속 애를 썼는데도 그 버팀대들이 차례로 모두 사라지자, 결국 혼자 남게 된 내가 나의 원래 상태로 되돌아갔기 때문이다. 사방에서 압력을 받다가 더이상 그 무엇에도 집착하지 않고 오직 나 자신에게만 기대고 있는 덕분에 평정심을 유지하는 것이다.

그토록 열렬하게 세론에 맞설 때에도 나는 여전히 나도 모르게 세론의 멍에를 지고 있었다. 누구나 자기가 존경하는 사람들에게 자신도 존경받고 싶은 법이고, 또 내가 사람들을, 아니 최소한 몇 사람이라도 좋게 볼 수 있던 동안은 나에 대한 그들의 판단에 무관심할 수가 없었다. 나는 사람들의 판단이 대개 공평한 줄 알고 있었는데 사실은 그 공평함조차 우연의 결과이며, 그들이 견해를 세우는 기준이 정념이나 정념의 산물인 편견에서 비롯된 것에 불과하고, 그들이 어떤 사람의 공로를 어느 정도 존경하는 척할 때에도 그것이 정의감이 아닌 그 사람을 다른 점에서 그들 마음대로 중상모략을 일삼으면서도 공정한 척하기 위해서이듯, 설령 그들이 제대로 판단한다 해도 그 올바른 판단조차 그릇된 원칙에서 나온다는 것을 알지 못했다.

그런데 헛되지만 오랜 탐색 끝에 그들 모두가 예외 없이 지옥의 악령이나 생각해낼 법한 가장 부당하고 터무니없는 틀에 사로잡혀 있는 것을 보았을 때, 나와 관련해 모든 사람들의 머리에서 이성이, 모두의 마음에서 공정함이 밀려난 것을 보았을 때, 미쳐 날뛰는 한 세대 전체가 일찍이 누군가에게 해를 끼친 적도 그것을 원한 적도 보복을 한 적도 없는 한 불운한 사람에 대한 그들 지도자들의 맹목적인 분노에 온통 말려드는 것을 보았을 때, 십 년 동안 헛되이 그 한 사람을 찾아다니다가 끝내 등불을 끄고 "그런 사람은 이제 없구나!" 하고 외쳐야만 했을 때, 그제야 나는 이 세상에 나 혼자뿐임을 깨닫기 시작했다. 그리고 나와 같은 시대를 사는 사람들이 나에 관한 한 충동에 의해서만 행동하고 움직임의 법칙에 의해서만 예측할 수 있는 기계적인 존재에 불과하다는 사실을 알게 되었다. 내가 그들의 영혼에 어떤 의도나 정념이 깃들어 있는지 가정할 수 있었다 하더라도, 그들의 소행을 내가 이해할 수 있도록 설명해줄 수는 없었을 것이다. 그리하여 그들의 마음은 내게 아무것도 아닌 것이 되고 말았다. 내게 그들은 따로따로 움직이는 거대한 덩어리, 나에 관한 한 도덕성을 완전히 상실한 덩어리로

밖에 보이지 않았다.

우리에게 일어나는 온갖 재난 속에서 우리는 결과보다 의도에 더 집착한다. 지붕에서 떨어진 기왓장이 우리를 더 많이 다치게 할 수는 있어도, 악의적인 손이 일부러 던진 돌만큼 우리 마음을 상하게 하지는 않는다. 공격은 가끔 과녁을 빗나가기도 하지만 의도는 반드시 상처를 입힌다. 물리적인 고통은 운명이 가하는 타격 중 고통이 가장 덜하다. 불운한 자들이 자기 불행을 누구 탓으로 돌려야 할지 알지 못할 때, 그들은 운명을 인격화하고 거기에 눈과 지능까지 부여해 자기를 일부러 괴롭힌다고 생각하며 운명을 원망한다. 그런 식으로, 돈을 잃고 씩씩거리는 노름꾼이 누구에게랄 것도 없이 화를 내듯 원망하는 것이다. 자신을 괴롭히기로 마음먹고 악착같이 따라다니는 운명을 상상하며, 화낼 거리를 찾아내 자신이 만들어낸 적에게 격분을 쏟아낸다. 자신에게 일어나는 모든 불행에서 맹목적인 필연의 공격만 보는 현명한 사람은 그렇게 무분별하게 동요하지 않으며, 고통 속에서 소리를 지르지만 흥분하거나 화내지 않고, 자신을 집어삼킨 불행에서 물리적인 타격만 받을 뿐, 그 공격들은 그의 인격을 훼손시키려 해도 소용없고 결코 그의 마음에까지 미치지 못한다.

이러한 결론에 이르게 된 것만으로도 대단한 일이지만 여기서 멈춘다면 부족하다. 겨우 불행을 잘라낸 것일 뿐, 뿌리는 남아 있으니 말이다. 그 뿌리는 우리 외부의 존재들 속에 있는 것이 아니라, 우리 자신 속에 있기 때문에 완전히 뽑아내려면 스스로를 단련해야 한다. 바로 이것이 내가 제정신을 차렸을 때 완벽하게 깨닫게 된 바다. 내게 일어난 일을 두고 온갖 해명을 애써 해보았지만 내 이성으로는 그것들이 터무니없다는 점을 확인할 뿐, 알 수도 없고 불가해한 이 모든 일의 원인과 수단과 방법이 내게는 아무런 의미가 없음을 깨닫게 되었다. 내 운명의 온갖 세세한 요소들을, 내가 그 방향도 의도도 도덕적 원인도 짐작해서는 안 될 순전히 운명이 저지른 소행으로만 봐야 한다는 것을, 다 소용없을 테니 따지거나 버티지 말고 운명에 복종해야 한다는 것을, 또 내가 이승에서 아직 해야 할 일이라곤 자신을 순전히 수동적인 존재로 여기는 것뿐이므로 운명을 견뎌내기 위해 내게 남은 힘을 쓸데없이 운명에 저항하는 데 써서는 안 된다는 것을 깨달았다. 바로 이것이 내가 혼자 생각하던 것이다. 내 이성과 마음은 거기에 동의했지만, 그럼에도 나는 그 마음이 여전히 투덜거리는 것을 느꼈다. 그 투덜거림은 어디서 비롯되었을까? 나는 그것을 찾아보았고 그러다 알아냈다. 그것은 사람들에게 분노한 뒤 이성에 여전히 반발하던 자만심에서 비롯된 것이었다.

이 발견은 사람들이 생각하는 것만큼 쉬운 일은 아니었다. 죄 없이 박해당하는 자는 보잘것없는 자신에 대한 자부심을 오랫동안 정의에 대한 순수한 사랑으로 여긴다. 게다가 진정한 원천이라도 일단 알려지고 나면 고갈되거나 최소한 그 방향이 바뀌기 쉽다. 자신에 대한 존중은 자부심 강한 영혼들의 가장 큰 원동력이며, 환상이 많은 자만심은 제 모습을 숨기고 변장하여 자만심을 존중감으로 여기게 만든다. 그러나 마침내 속임수가 밝혀져 더는 숨을 수가 없게 되면, 그때부터 자만심은 더이상 두려워할 만한 것이 아니어서 억누르기는 힘들지만 적어도 지배하기는 쉬워진다.

나는 일찍이 그러한 자만심을 가져본 적이 없다. 그러나 사교계에 드나들면서, 특히 저자가 되었을 때 내 안에서 이 부자연스러운 정념이 생겨 더욱 고조되었다. 아마 다른 저자들보다는 덜했을 테지만 그래도 대단했다. 내가 얻은 끔찍한 가르침이 곧 자만심을 본래의 제 한계 속에 다시 가두었다. 자만심은 처음에는 불의에 맞서는 것으로 시작했지만 결국엔 불의를 무시하는 것으로 끝이 났다. 자기 영혼 속에 틀어박혀 자만심을 더 고집하게 만드는 외부와의 관계를 끊어버리고 비교와 편애를 단념함으로써, 자만심은 내가 자신에게 선한 사람임에 만족했던 것이다. 그리하여 자만심은 다시 자기애가 되어 자연의 질서로 되돌아가 나를 평판의 굴레에서 해방시켜주었다.*

그때 이후로 나는 영혼의 평화를, 지복至福에 가까운 평화를 되찾았다. 어떤 상황에 있건 사람이 계속해서 불행한 것은 오로지 자만심 때문이다. 자만심이 침묵하고 이성이 말할 때, 비로소 이성은 우리가 피할 수 없었던 우리의 모든 불행을 위로해준다. 심지어 불행이 직접 우리에게 작용하지 않는 한 그것을 없애기도 한다. 불행의 가장 날카로운 공격을 피하는 방법은 더는 그 불행에 신경쓰지 않는 것이라고 확신하기 때문이다. 불행을 생각하지 않는 사람에게 불행은 아무것도 아니다. 자신이 겪고 있는 불행에서 불행 자체만 보고 그 의도를 보지 않

---

* 루소는 『에밀』 4권에서 자기애amour de soi와 자만심amour-propre을 구분해 다음과 같이 기술했다. "자신에게만 관련된 자기애는 진정한 욕구가 충족될 때 만족하지만, 자기를 다른 사람과 비교하는 자만심은 결코 만족하지도 만족할 수도 없을 것이다. 왜냐하면 자만심이라는 감정은 다른 사람들보다 자기를 더 좋아하면서 다른 사람들에게도 그들 자신보다 자기를 더 좋아해줄 것을 요구하는데, 이는 불가능한 일이기 때문이다. (……) 욕구가 그리 많지 않고 자기를 다른 사람들과 자주 비교하지 않을 때 인간은 본질적으로 선량해진다. 반면 많은 욕구를 갖고 평판에 지나치게 집착할 때는 본질적으로 사악해진다." (『에밀 또는 교육론』, 이용철·문경자 옮김, 한길사, 2007)

는 사람에게는, 또 자신감이 있어 남들이 기꺼이 내준 자리에 좌지우지되지 않는 사람에게는 모욕도 복수도 차별 대우도 치욕도 불의도 아무것도 아니다. 사람들이 나를 보는 방식이 어떠하든 그들이 내 존재를 바꿔놓을 수는 없고, 그들의 위력과 온갖 음험한 음모에도 불구하고 그들이 무슨 짓을 하든 상관없이 나는 계속해서 지금의 나 그대로 존재할 것이다. 나에 대한 저들의 태도가 내 현실 상황에 영향을 미치는 것은 사실이어서, 저들이 자기들과 나 사이에 쳐놓은 장벽이 늙고 곤궁한 내 처지에 필요한 온갖 생계 수단과 구호책을 빼앗아갔다. 내게 필요한 도움을 돈이 제공할 수는 없기 때문에 이 장벽은 돈도 쓸모없는 것으로 만들었으며, 그들과 나 사이에는 이제 거래도, 상호적인 도움도, 편지 왕래도 없다. 그들 가운데 외톨이인 나로서는 기댈 것이라고는 나 하나뿐이며, 그마저도 내 나이와 지금의 내 처지로는 빈약하기 그지없다. 큰 불행이지만 내가 그것을 화내지 않고 견딜 줄 알게 된 이후로는 어떤 힘도 내게 미치지 못한다. 진정한 필요를 느끼는 순간은 언제나 드물다. 지레짐작이나 상상력이 그런 순간을 자꾸 더 만들어내는데, 사람이 불안해하고 불행해지는 것은 바로 이런 감정이 연속되기 때문이다. 나로서는 내일 고통스러우리라는 것을 지금 안다 해도 소용이 없어서, 오늘 고통스럽지 않은 것만으로도 평온을 유지하기에 충분하다. 나는 예측하는 불행이 아니라 오직 지금 느끼는 불행만 슬퍼하기에 그 불행도 매우 사소한 것이 되어버린다. 나는 홀로 병든 채 병상에 버려져 염려해주는 사람 하나 없이 가난과 추위와 굶주림으로 죽어갈 수 있다. 그러나 나 자신이 괴로워하지 않는다면, 내 운명이 어떠하건 다른 사람들만큼이나 나 자신이 별로 가슴 아파하지 않는다면 무슨 상관인가? 삶과 죽음, 병과 건강, 부와 가난, 명성과 비방을 똑같이 무심하게 보는 법을 배웠다는 게, 특히 내 나이에는 아무 의미 없는 일은 아니지 않은가? 다른 모든 노인들은 매사에 불안해한다. 나는 아무것도 걱정하지 않으며 무슨 일이 일어나든 무심한데, 이런 무관심은 내 지혜의 산물이 아니라 내 적들 덕분이다. 그러니 이런 이점을 그들이 내게 저지른 해악에 대한 보상으로 여기는 법을 배우자. 나를 역경에 무감각해지게 만듦으로써 그들은 내게 타격을 입히지 않는 일보다 더 좋은 일을 해준 셈이다. 시련을 겪지 않았더라면 나도 늘 두려워했을 테지만, 역경을 극복함으로써 더이상 두려워하지 않게 되었다.

삶의 난관 속에서 이런 자세는 흡사 내가 최고의 번영을 누리고 있는 듯 선천적으로 태평한 성격에 몰두하게 해준다. 눈앞에 보이는 대상들 때문에 더없이 고통스러운 불안감이 되살아나는 짧은 순간들을 제외하면 말이다. 나머지 시간에는 나를 사로잡는 애정에 마음껏 빠져들어 내 마음은 잘 느끼도록 타고난 감정들로 더 풍성해지고, 나는 그 감정들을 자아내어 실제로 존재하는 양 감정을 공유하는 상상의 존재들과 더불어 그 느낌을 향유한다. 그 존재들은 창조자인 나를 위해 존재하며, 나는 그들이 나를 배신하거나 버릴까봐 걱정하지 않는다. 그것들은 내 불행 자체만큼 지속되어 내가 그 불행을 잊도록 하기에 충분할 것이다.

모든 것이 나를 본래 내게 맞는, 행복하고 안락한 생활로 되돌려놓아주었다. 내 정신과 감각을 기꺼이 내맡기는 교훈적이고 유쾌한 대상들에 몰두하거나, 때로는 마음대로 만들어내고 그들과 교류하며 그로부터 풍부한 감정이 생겨나는 내 환상의 산물들과 함께하면서, 또 때로는 홀로 나 자신에게 만족한 채 내게 마땅하다고 느껴지는 행복을 이미 만끽하면서 내 생활의 대부분을 보내고 있다. 이 모든 일에서 자기애는 왕성한 활동을 하고, 자만심은 쓸데없이 끼어들지 않는다. 사람들 사이에서 음흉한 호의와 과장되고 조소적인 찬사, 그리고 상냥한 척하는 교활함의 노리개가 되어 지내던 서글픈 순간에는 그렇지가 않았다. 그때는 내가 어떻게 처신하든 자만심이 제게 이득이 되도록 작용한다. 그 조잡한 겉치레 너머 그들 마음속에 보이는 증오와 원한은 내 마음을 고통으로 짓찢어놓고, 이렇게 어리석게도 속이기 쉬운 사람으로 여겨진다는 생각이 그 고통에 매우 유치한 짜증을 덧붙였다. 이것은 정말 바보 같은 짓이라고 생각하면서도 굴복시키지 못하는 어리석은 자만심이 낳은 열매다. 모욕적으로 놀려대는 저 시선들에 익숙해지기 위해 내가 기울인 노력은 믿을 수 없을 정도다. 오로지 잔인한 거짓말에 단련되겠다는 의도 하나로 나는 공공 산책로와 사람들이 가장 많이 다니는 장소들을 백번도 더 지나갔다. 그러나 성공하지 못했을 뿐만 아니라 전혀 나아지지도 않았으며, 고되고도 헛된 온갖 노력에도 불구하고 나는 예전과 마찬가지로 여전히 남에게 잘 휘둘리고 쉽게 상처받고 쉽게 화를 내는 인간이었다.

무슨 일을 하든 감각의 지배를 받는 나는 그 감각이 남긴 인상에 결코 저항할 줄 몰랐는데, 그 대상이 감각들에 작용하는 한 내 마음은 계속해서 그 영향을 받는다. 그러나 스쳐가는 그 감정들은 그것을 일으키는 감각이 지속되는 만큼만 이어진다. 앙심을 품은 사람이 눈앞에 있으면 심하게 영향을 받지만, 그가 없어지면 이내 그가 남긴 인상도 사라진다. 더이상 보이지만 않으면 더는 생각도 나지 않는다. 그가 내게 신경쓰게 되리라는 것을 내가 알아봤자 소용이 없어서, 내가 그에게 관심을 두는 일은 없을 것이다. 당장 느끼지 않는 고통은 내게 조금도 영향을 미치지 않으며, 내 눈에 보이지 않는 박해자는 내게 아무것도 아니다. 나는 이런 태도가 내 운명을 좌지우지하는 사람들에게 주는 이득을 알고 있다. 그러니 그들 마음대로 내 운명을 좌지우지하게 두어보라. 나로서는 그들의 공격에서 나를 보호하려고 그들을 생각하는 것보다, 그들이 저항하지 않는 나를 괴롭히는 편이 훨씬 낫다.

감각이 내 마음에 가하는 이러한 작용이 유일하게 내 삶을 괴롭히는 것이다. 아무도 만나지 않는 날에는 운명을 생각하지도, 운명이 느껴지지도 않아서 괴롭지 않고, 기분 전환할 필요도 장애물도 없어서 행복하고 만족스럽다. 그러나 어떤 공격도 감지되지 않는 경우는 드물어서, 그런 생각을 가장 덜 할 때에도 험악한 시선을 알아채거나 가시 돋친 말 한마디만 들어도, 악의를 가진 사람만 만나도 나는 혼란에 빠져버린다. 그런 경우에 내가 할 수 있는 일이라고는 빨리 잊고 달아나는 것뿐이다. 그러면 내 마음의 혼란은 그것을 일으킨 대상과 함께 사라지며, 나는 혼자가 되자마자 곧 다시 침착해진다. 그래도 무엇인가 나를 불안하게 하는 것이 있다면, 그것은 가는 길에 어떤 새로운 고통거리를 만나지 않을까 하는 두려움이다. 이것이 내가 유일하게 하는 걱정인데, 이 걱정만으로도 내 행복을 해치기에는 충분하다. 나는 파리 한복판에서 살고 있다. 집을 나설 때마다 시골과 고독한 생활을 간절히 바라지만, 그러기 위해서는 매우 멀리 가야 하므로 마음 편히 숨을 쉬기도 전에 내 가슴을 옥죄는 수많은 대상을 마주하게 되는 것이다. 내가 구하는 안식처에 닿기도 전에 반나절이 불안한 가운데 지나가버린다. 내 길을 끝까지 가게 내버려둔다면 그나마 다행이다. 악의적인 사람들의 행렬을 피하는 순간은 정말로 즐거워서 나무 아래 초목 가운데에만 있어도 마치 지상낙원에 있는 듯하고, 인간들 중 가장 행복한 사람이라도 된 것처럼 강렬한 내면의 기쁨을 맛보게 된다.

지금은 이토록 즐거운 고독한 산책이 내가 잠시 행운을 누리던 시절에는 따분하고 지겨웠던 것을 또렷이 기억하고 있다. 시골에서 누군가의 집에 머물 때, 운동을 하고 바깥공기를 마시고 싶은 마음에 종종 혼자 집을 빠져나와 도둑처럼 도망치듯 공원이나 들판을 거닐곤 했다. 하지만 그곳에서 요즘 내가 맛보는 행복한 평온을 발견하기는커녕, 살롱에서 나를 사로잡던 헛된 생각들에서 비롯한 불만을 그곳까지 가져갔다. 살롱에 남겨두고 온 사람들에 대한 생각이 고독 속에서도 나를 따라다녔고, 허영기와 사교계의 소란스러움이 내 눈에 비친 숲의 신선함을 흐렸으며, 은신처의 평화를 뒤흔들어놓았다. 깊은 숲속으로 달아나도 소용없이 성가신 무리들은 어디고 나를 따라와 내 눈앞에서 자연을 모두 가려버렸다. 사회적인 정념과 그것들의 서글픈 행렬에서 떨어져나온 다음에야 나는 온갖 매력을 지닌 자연을 되찾게 되었다.

이런 최초의 무의식적인 본능을 억누를 수 없음을 깨달은 나는 억누르기 위한 모든 노력을 그만두었다. 이제 나는 공격을 받을 때마다 피가 끓어오르도록, 분노와 격분이 내 감각을 점령하도록 내버려두며, 온 힘을 다한들 멈추게 할 수도 잠시 정지시킬 수도 없는 이 첫 폭발을 그저 기질에 맡겨둔다. 단지 그 폭발이 어떤 결과를 야기하기 전에 그 진행을 멈추게 하려고 애쓸 뿐이다. 번득이는 눈, 달아오른 얼굴, 사지의 떨림, 숨막히는 심장박동, 이 모든 것은 오로지 육체에서만 기인하므로 거기서 이치를 따지는 것은 아무 소용이 없다. 그러나 기질이 첫 폭발을 하게 내버려둔 다음에는 차츰 정신을 되찾아 다시 자신을 지배할 수 있게 된다. 내가 오랫동안 노력했으나 성공하지 못했던 이 일을, 마침내 조금 더 잘할 수 있게 되었다. 헛된 저항에 힘쓰기를 그만두고, 내 이성이 작동하도록 내버려둔 채로 승리의 순간을 기다리는 것이다. 왜냐하면 이성은 제 말이 들릴 때에만 내게 말을 하기 때문이다. 아아, 내가 지금 무슨 말을 하는가! 내 이성이라? 이성이 승리에서 거의 역할을 하지 않는데, 이성에 승리의 영예를 안겨주는 것은 큰 잘못을 저지르는 일일지도 모른다. 모든 것은 똑같이 변덕스러운 성질에서 나오는데, 그것은 사나운 바람이 한 번만 불어와도 흔들리지만 바람이 잠잠해지면 즉시 가라앉는 법이다. 나를 뒤흔드는 것은 불같은 내 천성이고, 나를 가라앉히는 것은 느긋한 내 천성이다. 나는 현재의 모든 충동에 굴복하고 각각의 충격은 짧고 강렬한 움직임을 일으키지만, 충격이 없어지면 이내 움직임도 멈추기 마련이어서 나에게까지 전달되어 내면에서 영속될 충격이란 없다. 운명이 빚어내는 온갖 사건이나 사람들의 온갖 술책도 이렇게 생겨먹은 사람에게는 별 영향력을 갖지 못한다. 어떤 고통이든지 지속적으로 나를 괴롭히려면 고통의 느낌이 항상 새로워져야만 할 것이다. 왜냐하면 그 간격이 아무리 짧아도 내가 나 자신으로 돌아오기에는 충분하기 때문이다. 사람들이 내 감각에 영향을 미칠 수 있는 동안은 나는 그들이 바라는 사람이 된다. 그러나 잠시라도 틈이 생기면 나는 자연이 원했던 나로 되돌아가며, 그것은 누가 무슨 짓을 하든 가장 한결같은 내 상태여서, 내 운명에도 불구하고 바로 그로 인해 내게 가장 알맞다고 느껴지는 행복을 맛보게 된다. 나는 다른 몽상에서도 이러한 상태를 묘사한 적이 있다. 그 상태는 내게 매우 적합한 것이어서 그것이 지속되는 것 말고 다른 소망은 없으며, 오직 그것이 어지럽혀지는 것을 보게 될까 염려할 뿐이다. 사람들이 준 고통은 내게 조금도 타격을 입히지 못한다. 그들이 앞으로 또 줄지도 모를 고통에 대한 두려움만이 나를 불안하게 만들 수 있다. 그러나 영구적으로 나를 괴롭힐 만한 또다른 빌미가 이제 그들에게 없음을 확신하기에, 그들의 온갖 계략을 비웃으며 그들과 무관하게 나 자신을 즐기고 있다.

아홉번째 산책

행복이란 항구적인 상태로, 이 세상 사람을 위해 마련된 것은 아닌 듯 보인다. 지상에서는 모든 것이 끊임없는 흐름 속에 있어 변함없는 모습을 지니도록 허락되지 않는다. 우리 주변의 모든 것이 변화한다. 우리 자신도 변해서 아무도 자기가 오늘 사랑하는 것을 내일도 사랑하리라고 확신할 수 없다. 따라서 이 삶의 행복을 위한 우리의 모든 계획은 공상이다. 정신이 만족하는 순간이 올 때 그 만족감을 만끽하자. 우리 잘못으로 그것을 물리치지 않게끔 조심해야겠지만, 그것을 묶어두려는 계획일랑 세우지 말자. 그런 계획이란 순전히 어리석은 짓거리이기 때문이다. 나는 행복한 사람들을 거의, 아니 어쩌면 전혀 보지 못했다. 그러나 만족해하는 사람들은 종종 목격했는데, 내게 강한 인상을 준 모든 대상 중에서 나 자신을 가장 만족시킨 것이 바로 그런 사람들이었다. 내 생각에 그것은 감각들이 나의 내적인 감정에 미치는 힘의 자연스러운 결과다. 행복에는 겉으로 드러나는 표시가 없다. 행복을 알아보려면 행복한 사람의 마음속을 읽어야 한다. 그러나 만족감은 눈과 태도, 말투, 걸음걸이에서도 읽어낼 수 있어 그것을 알아채는 사람에게 전달되는 것 같다. 축제일에 군중 전체가 환희에 빠져들고, 모든 사람의 마음이 삶의 구름들을 가로질러 빠르지만 활기차게 지나가는 기쁨의 지고한 빛을 받으며 활짝 피어나는 것을 보는 일보다 더 감미로운 즐거움이 있겠는가?*

사흘 전 P 씨**가 급히 나를 찾아와 달랑베르 씨***가 쓴 조프랭 부인****에 대한 찬사를 보여주었다. 읽어주기 전에 그는 글에 쓰인 우스꽝스러운 신조어들과 글을 가득 채웠다는 익살맞은 말장난에 한참 동안 웃음을 터뜨렸다. 그는 웃음을 그치지 않고 읽기 시작했는데, 내가 진지하게 귀를 기울이자 조용해지더니 자기와 달리 웃지 않는 나를 보고는 마침내 웃음을 거두었다. 그 글에서 가장 길게 공들여 쓴 대목은 조프랭 부인이 아이들을 만나 아이들에게 이야기를 시키는 데서 느낀 기쁨을 주제로 삼은 부분이었다. 저자가 이러한 성향을 선한 천성의 징표로 보는 것은 정당했다. 하지만 그는 거기서 멈추지 않고, 부인과 같은 취향을 갖지 않은 모든 사람들을 나쁜 천성과 악의를 가졌다고 단호하게

---

* 「아홉번째 산책」의 첫 문단은 나중에 덧붙인 것이다.

** 제네바 사람인 피에르 프레보를 말하는 듯하다. 루소는 죽기 전 일 년 반 동안 그를 자주 방문했다.

*** 프랑스의 수학자, 물리학자, 철학자로 디드로와 함께 『백과전서』를 편찬했다.

**** 파리의 귀부인. 살롱을 열어 당대 철학자들을 후원했고, 『백과전서』도 그녀의 지원을 받아 간행되었다.

비난하며, 이 점과 관련하여 교수형이나 차형車刑을 당한 자들에게 물어본다면 그들 모두가 아이들을 사랑해본 일이 없다고 시인할 거라는 말까지 했다. 이런 단언이 그 대목에서 이상한 인상을 주었다. 그 모든 것이 사실이라 가정하더라도 그 대목이 그런 말을 할 상황이었는가? 또 존경받을 만한 여인에 대한 찬사를 형벌이나 악인의 이미지로 더럽혀야만 했는가? 나는 이런 비열한 가식의 동기를 쉽게 간파했고, P 씨가 읽기를 마쳤을 때 나는 그 찬사에서 내가 보기에 좋은 부분을 지적하며 저자가 이 글을 쓰면서 마음속으로 우정보다는 증오를 더 품고 있었다는 말을 덧붙였다.

다음날은 날씨가 춥긴 해도 꽤 화창해서 꽃이 활짝 핀 이끼를 찾아볼 요량으로 사관학교까지 산책을 나갔다. 걸으면서 전날 있었던 방문과 달랑베르 씨의 글에 대해 곰곰 생각해보았는데, 덧붙여놓은 일화가 무심코 넣은 것이 아니라는 생각이 들었다. 그리고 나한테 다른 건 뭐든 쉬쉬하면서 그런 책자를 굳이 내게 가져왔다는 것만으로도 그 의도가 무엇인지 충분히 알 수 있었다. 나는 자식들을 고아원에 보낸 일이 있다. 이 사실만으로도 나를 몹쓸 아버지로 왜곡하기에 충분했는데, 사람들은 이런 생각을 확대하고 가다듬어 내가 아이들을 싫어한다는 명백한 결론을 이끌어냈다. 이렇게 점진하는 생각의 고리들을 곰곰이 더듬어본 나는 인간의 간계가 얼마나 교묘하게 흰색을 검은색으로 바꿔놓을 수 있는지 감탄했다. 왜냐하면 꼬마들이 함께 장난치며 노는 모습을 바라보는 걸 나보다 더 좋아하는 사람은 없을 거라 생각하고, 거리나 산책길에서 종종 멈춰 서서 아이들의 장난이나 놀이를 흥미롭게 바라보면서 그 재미를 다른 아무와도 나눈 적이 없기 때문이다. P 씨가 찾아온 바로 그날도 그가 방문하기 한 시간 전에 집주인 수수아 씨의 어린아이 둘이 찾아왔다. 큰애가 일곱 살 정도 됐을까. 아이들이 와서 진심으로 나를 안아주었고 나도 매우 다정하게 껴안아주었는데, 나이 차에도 불구하고 진정으로 나를 좋아하는 듯했고, 나도 아이들이 내 늙은 얼굴을 싫어하지 않는다는 데 기뻐서 들떴다. 특히 동생 쪽이 매우 흔쾌히 내게 안기기에, 그들보다 더 어린애 같은 나는 그 아이에게 더 애착을 느꼈으며, 그 아이가 떠날 때는 내 자식이기라도 한 듯 아쉬운 마음으로 바라보았다.

자식들을 고아원에 넣었다는 데 대한 비난이 약간의 말재간으로 쉽게, 아이들을 싫어하는 몹쓸 아버지라는 비난으로 변질되었다는 것은 이해할 수 있다. 하지만 내가 그렇게 하기로 결심한 까닭은 바로, 다른 방도를 취했을 경우 훨씬 더 나쁘고 피하지도 못할 내 자식들의 운명이 두려웠기 때문이라는 점은 확실하다. 자식들의 장래에 보다 무관심했더라면, 직접 키울 수 없는 내 처지로서는 아이들 버릇을 망쳐놓을 아이들 엄마와 괴물로 만들어놓을 외가 친척들이 기르도록 맡겨야 했을 것이다. 그 생각을 하면 지금도 오싹해진다. 그들이 아이들에게 저질렀을 일에 비하면 마호메트가 세이드에게 한 일*쯤은 아무것도 아니며, 그 점에 대해 이후로 사람들이 내게 친 함정들을 보면 사전에 계획된 일임을 충분히 확언할 수 있다. 사실 당시 나는 그런 잔혹한 음모를 전혀 짐작하지 못했다. 다만 아이들에게 가장 덜 위험한 교육이 고아원 교육임을 알고 있었기에 아이들을 보냈던 것이다. 지금도 나는 만

* 볼테르의 희곡 『마호메트 혹은 광신』의 주인공인 마호메트는 하인이자 광신도인 세이드에게 자신의 친부를 살해할 것을 명한다.

약 그럴 일이 생긴다면 더욱더 망설임 없이 그리할 텐데, 습관이 천성을 조금만 도와주었어도 내가 자식들에게 어느 아버지보다 더 다정했으리라는 걸 잘 알고 있다.

내가 인간의 마음에 대해 좀더 알게 된 것이 있다면, 내게 그런 지식을 가져다준 것은 바로 아이들을 만나고 관찰하는 데서 느꼈던 기쁨이다. 젊었을 때는 그런 기쁨이 인간의 마음을 아는 데 일종의 장애였는데, 아이들과 매우 즐겁게 또 진심을 다해 노느라 그들을 연구해볼 생각을 거의 하지 못했기 때문이다. 그런데 늙어가면서 늙은 내 모습이 아이들을 불안하게 한다는 걸 알게 되어 그들을 성가시게 하는 일을 삼갔으며, 그들의 즐거움을 흩뜨려놓기보다 차라리 내 기쁨을 포기하는 편을 택했다. 그리하여 아이들의 놀이와 온갖 잔꾀를 바라보는 것으로 만족하게 된 나는, 그런 관찰을 통해 우리의 학자님들은 도무지 알지 못하는 본성의 최초의 진정한 충동들에 관해 알게 된 지식에서 내 희생에 대한 보상을 찾았다. 너무나 공들여 연구에 몰두했기에 정말 즐거웠다는 증거를 내 글에도 적어둔 바 있으며, 『누벨 엘로이즈』와 『에밀』이 아이들을 좋아하지 않는 사람의 저작이라는 것은 분명 세상에서 가장 믿기 힘든 일일 것이다.

나는 임기응변도 말주변도 없었다. 그런데 불행해진 이후로 내 혀와 머리는 점점 더 어눌해졌다. 개념과 적절한 말이 하나같이 생각나지 않았는데, 아이들에게 말을 할 때는 더 나은 분별력과 더 정확한 표현을 선택해야만 했다. 듣는 사람들이 내게 주목하며, 아이들을 위해 특별히 글을 쓴 사람이니 신탁에 따라서만 말을 할 것이라 짐작해 내가 한 모든 말에 해석을 달고 무게를 부여하기 때문에 나는 더욱 당황할 수밖에 없었다. 이런 극도의 당혹감과 스스로 부적격하다는 느낌이 나를 뒤흔들고 어찌할 바를 모르게 만드니 나로서는 재잘재잘 떠들도록 해줘야 할 어린아이 앞에 서는 것보다 아시아의 어느 군주 앞에 있는 편이 훨씬 더 편안할 것 같다.

지금은 또다른 불편함이 나를 아이들에게서 더 멀리 떼어놓는데, 불행해진 후라도 아이들을 만나는 일은 한결같이 기쁘지만 이제는 똑같은 친밀감을 느낄 수가 없다. 아이들은 늙은이를 좋아하지 않으며 쇠락하는 자연의 모습은 그들 눈에 흉측하니, 그들의 싫은 기색이 느껴지면 마음이 몹시 아프다. 아이들에게 당혹감이나 혐오감을 주느니 차라리 그들을 쓰다듬기를 삼가는 편이 낫다. 진정으로 사랑하는 마음을 가진 사람에게만 작용하는 이런 동기야 우리 박식한 남녀 학자님들에게는 아무것도 아니겠지만. 조프랭 부인은 아이들과 함께 있어 자신이 즐겁기만 하다면, 아이들도 즐거워하는지에는 별 신경을 쓰지 않았다. 그러나 나로서는 그런 즐거움이란 없는 것만도 못해서 공유할 수 없는 즐거움이라면 오히려 해로운데, 이제 나는 아이의 마음이 내 마음과 마찬가지로 밝아지는 것을 볼 수 있는 처지도 나이도 아니다. 만약 그런 일이 여전히 내게 일어날 수만 있다면, 드물어진 기쁨인 만큼 더욱 강렬할 것이다. 며칠 전 아침 수수아 씨네 아이들을 껴안아주면서 나는 바로 그 기쁨을 만끽했다. 이는 단지 아이들을 데려온 하녀가 내게 그다지 위압적이지 않아 그녀 앞에서는 말조심하지 않아도 되어서만이 아니라, 아이들이 내게 다가올 때의 그 명랑한 기운이 사라지지 않고 계속되었고, 나와 함께 있는 것을 싫어하거나 지겨워하지 않는 것처럼 보였기 때문이다.

오! 비록 아직 배내옷을 입은 아기라 하더라도 진심에서 우러나 순진하게 나를 쓰다듬어주는 그런 순간을 지금도 누릴 수만 있다면, 또 예전에는 그토록 자주 보았던 나와 함께 있는 기쁨과 만족, 아니면 적어도 나로 인해 느끼는 기쁨과 만족을 지금도 누군가의 눈에서 볼 수만 있다면, 짧지만 기분좋은 그런 내 마음의 토로가 내게서 얼마나 많은 아픔과 고통을 덜어줄 것인가? 아! 앞으로 사람들 사이에서 거절당한 그 호의의 시선을 동물들에게서 찾을 일은 없을 것이다. 그렇게 판단할 수 있을 실례로 들 만한 것이 마땅치는 않지만, 그 경험은 지금도 내 기억에 소중하게 남아 있다. 다음이 그 한 예로서 내가 전혀 다른 처지에 있었더라면 잊어버렸을 일이지만, 그것이 남긴 인상은 내가 처한 비참함을 온전히 잘 보여준다. 이 년 전에 나는 누벨프랑스* 쪽으로 산책을 나갔다가 내친 김에 더 멀리까지 가보았는데, 왼쪽으로 방향을 틀어 몽마르트르 주변을 돌아보고 싶어져서 클리냥쿠르 마을을 가로질러가고 있었다. 주위를 바라보지 않고 멍하니 몽상에 잠겨 걷고 있는데 갑자기 누군가가 내 무릎을 잡는 게 느껴졌다. 시선을 돌려 내려다보니 대여섯 살쯤 된 어린아이가 내 마음속 깊은 곳까지 감동시킬 정도로 무척 친근하고 다정한 표정으로 나를 바라보며 온 힘을 다해 내 무릎을 끌어안고 있었는데, 문득 이런 생각이 들었다. '내 자식들도 나를 이렇게 대해줄 수 있었을 텐데.' 나는 그 아이를 품에 안고 다소 열정적으로 몇 번이고 뽀뽀를 해주고 가던 길을 계속 갔다. 걸어가다가 뭔가 아쉬운 느낌이 들었고 어떤 욕구가 샘솟아 발길을 돌렸다. 나

---

* 파리 성벽 외곽의 지역으로, 술집(guinguette)들이 밀집해 있던 카르티에 포부르-푸아소니에르의 옛 이름.

는 그렇게 황급히 아이를 두고 떠나온 일이 후회되었고, 분명한 이유는 없지만 무시해서는 안 될 일종의 영감 같은 것을 아이의 행동에서 본 듯했다. 결국 유혹에 굴복한 나는 발길을 돌려 아이에게 달려가 다시 아이를 끌어안고는, 마침 그곳을 지나가는 상인에게서 조그마한 낭테르 빵 몇 개 살 돈을 아이에게 주며 말을 시키기 시작했다. 아버지는 어디 있느냐고 물었더니, 아이는 큰 통에 테를 메우고 있는 남자를 가리켰다. 아이 아버지에게 말을 건네려고 아이 곁을 막 떠나려는데, 계속 나를 쫓아다니는 밀정들* 중 하나로 보이는 험상궂게 생긴 사람이 나를 앞지르는 게 보였다. 그 남자가 통 제조공에게 귓속말을 하는 동안 통 제조공은 전혀 우호적이지 않은 시선으로 나를 주시했다. 그 모습에 순간 가슴이 죄어와, 나는 발길을 되돌려 왔을 때보다 더 신속하게 아이와 아버지를 떠났지만, 유쾌하지 못한 마음의 동요로 기분이 몹시 언짢았다.

그런데도 그날 이후 꽤 자주 그때의 기분이 되살아나곤 했다. 그 아이를 다시 만날 기대를 품고 여러 번 클리냥쿠르를 지나가봤지만 더는 아이도 아버지도 만나지 못했고, 지금까지도 그 만남은 가끔 내 마음을 파고드는 온갖 감동과 마찬가지로 언제나 감미로움과 슬픔이 뒤섞인 꽤 강렬한 추억으로만 남았다.

모든 일에는 보상이 있는 법이다. 설령 드물고 짧은 순간일지라도 기쁨이 찾아올 때면 나는 기쁨에 친숙했을 때보다 더 생생하게 기쁨을 만끽한다. 말하자면 그 기쁨들을 자주 회상해 되새김질하는 셈인데,

---

* 1762년 『에밀』의 출간으로 체포령이 내려진 탓에 허가 없이 파리에 와 있던 루소는 당국의 감시를 당했다.

아무리 드물어도 그 기쁨이 티 없이 순수하기만 하다면 나는 아마도 승승장구하던 때 이상으로 행복할 것이다. 극도로 가난할 때에는 별것 아닌 걸로도 부자라고 느낀다. 1에퀴*를 발견한 거지는 황금 지갑을 찾은 부자보다 더 감명을 받는다. 박해자들의 감시를 따돌리고 몰래 느낄 수 있는 이런 유의 사소한 기쁨이 내 영혼에 미치는 인상을 누군가 본다면 웃을지도 모른다. 최근 일들 중 사오 년 전에 있었던 일인데, 지금도 그 기억을 떠올리면 기쁨을 충분히 만끽했다는 만족감에 몹시 기분이 좋아진다.

어느 일요일, 아내와 나는 점심을 먹으러 마요 성문에 갔다. 식사 후 우리는 불로뉴 숲을 가로질러 라 뮈에트까지 갔고, 거기서 파시를 거쳐 천천히 되돌아가려고 나무 그늘의 풀밭에 앉아 해가 지기를 기다리고 있었다. 수녀처럼 보이는 여자가 데려온 스무 명 정도의 소녀들이 바로 우리 곁에 와서 일부는 앉고 몇몇은 장난을 쳤다. 소녀들이 노는 동안 우연히 북과 회전판을 들고 손님을 찾던 우블리 장수가 지나갔다. 소녀들은 그 과자를 매우 먹고 싶어했고, 그들 중 동전 몇 개를 가지고 있는 듯한 두세 명이 과자뽑기 놀이를 해도 괜찮을지 허락을 구하는 모습이 보였다. 여선생이 망설이며 그 아이들을 꾸짖는 동안 나는 우블리 장수를 불러서 말했다. "이 아가씨들이 차례대로 한 번씩 뽑기를 하게 해주세요. 값은 내가 다 치르겠소." 이 말에 소녀들 사이로 기쁨이 퍼져나갔고, 그 일에 지갑의 돈을 다 써버렸지만 그 기쁨만으로도 내게는 그 이상의 보상이 되는 듯했다.

---

* 16~17세기 프랑스에서 통용되던 은화.

소녀들이 다소 무질서하게 몰려들기에, 나는 여선생의 동의를 얻어 소녀들을 모두 한쪽으로 정렬시켰다가 각자 놀이가 끝나는 대로 차례차례 다른 쪽으로 지나가게 했다. 허탕치는 일도 없고 아무것도 따지 못한 소녀들에게도 최소한 과자 하나씩은 돌아가 소녀들 중 누구도 불만을 가질 일은 없었지만, 나는 이 축제를 더욱 즐겁게 해주려고 몰래 과자 장수에게 평소에 하는 것과 반대되는 수를 써서 최대한 많이 당첨되게 하면 그 값도 고려해주겠다고 말해두었다. 이처럼 미리 손을 써둔 방식으로 소녀들이 각자 한 번씩만 놀이를 했는데도 거의 백 개나 되는 과자가 소녀들에게 돌아갔다. 이 점에서는 나도 엄격하여 쓸데없이 놀이를 많이 하게 두거나 편애하는 것을 보여 불만을 사고 싶지는 않았기 때문이다. 아내는 각자의 몫이 거의 같아지고 기쁨은 더 많이 나눌 수 있도록 경품을 많이 딴 소녀들에게 친구들과 나눠 가지라고 넌지시 말해두었다.

나는 내 제안을 경멸하듯 거절하지 않을까 몹시 염려하면서도 선생에게 한번 해보라고 권유했는데, 그녀는 이를 기꺼이 받아들여 기숙생들처럼 놀이를 하고 격식 차리지 않고 몫으로 받은 것을 가져갔다. 나는 그런 그녀가 한없이 고마웠고, 그 모습에서 내 마음에 드는, 거짓으로 꾸민 태도보다 가치 있어 보이는 예의 같은 것을 느꼈다. 그러는 동안 소녀들 사이에 다툼이 벌어져 내게 심판을 받으러 왔는데, 차례로 와서 자기 입장을 변호하는 모습에서 나는 어떤 소녀들은 조금도 예쁘지 않지만 그 얌전한 태도가 못생긴 얼굴마저 잊게 해준다는 사실을 깨달았다.

마침내 우리는 서로 매우 만족하며 헤어졌다. 그날 오후는 내 평생 가장 만족스럽게 기억되는 오후 중 하나가 되었다. 게다가 잔치 비용도 파산할 정도는 아니어서, 기껏해야 30솔*의 비용으로 100에퀴 이상의 만족을 얻었다. 그만큼 진정한 기쁨이란 비용에 비례하지 않고, 즐거움은 루이보다 리아르와 더 친하다**는 말은 정말이었다. 그 소녀들 일행을 또 만나기를 바라면서 같은 시각, 같은 장소에 여러 번 가보았지만, 그런 일은 다시 일어나지 않았다.

그 일을 생각하면 훨씬 오래전 기억인, 그와 비슷한 종류의 또다른 재미난 일이 떠오른다. 그것은 어쩌다보니 내가 부자와 문인 들 틈에 끌려들어가, 때로 그들의 한심한 오락거리를 함께할 수밖에 없던 불행한 시절에 있었던 일이다. 슈브레트 성*** 주인의 축일이라 나는 그곳에 가 있었다. 축일을 기념하기 위해 성 주인의 가족이 모두 모였고, 시끌벅적한 갖가지 환락이 펼쳐져 최고조에 이르렀다. 노름, 연극, 향연, 불꽃놀이, 무엇 하나 빠진 것이 없었다. 숨 돌릴 시간도 없어서 사람들은 즐기기는커녕 거의 제정신이 아니었다. 점심식사가 끝나고 모두들 바람을 쐬러 거리로 나갔는데, 장 비슷한 것이 서 있었다. 사람들이 춤을 추고 있었는데, 신사들은 농촌 여자들과 함께 춤을 추었지만 귀부인들은 품위를 지키고 있었다. 누군가 생강빵을 팔고 있었다. 동행하던 한 젊은이가 그것을 사서 사람들 무리에 하나씩 던져줄 생각을 해냈는데, 시골 사람들이 빵을 얻으려고 너도나도 덤벼들어 다투고 넘어

---

* 프랑스의 옛 화폐단위인 수(sou)의 이전 이름.

** 루이는 20프랑에 해당하는 금화이고, 리아르는 수의 4분의 1에 해당하는 옛날 동전으로, 함께 나누는 소박한 즐거움의 가치를 일깨우는 속담이다.

*** 몽모랑시 인근에 자리한 후원자 데피네 부인의 성. 당시 루소는 별채인 에르미타주에 머물고 있었다.

지는 모습을 보는 일이 무척 재미있어서 모두들 같은 재미를 느껴보고 싶어했다. 빵들이 사방으로 날아다니고, 젊은 남녀들은 달리다 넘어지고 서로 포개져 다치곤 했다. 이는 누구에게나 신나 보이는 광경이었다. 마음속으로는 그들만큼 재미있진 않았지만 나도 어색해서 그들처럼 해보았다. 그러나 사람들을 서로 밀치게 하느라 내 지갑을 다 비우는 일에 곧 싫증이 나서 동행을 내버려두고 혼자 장터를 거닐었다. 온갖 다양한 물건을 보는 재미에 한참 빠져 있었다. 사람들에게 팔기엔 시원찮은, 아직 남아 있는 사과 열두어 알을 다 팔아치우고 싶은 듯 보이는 작은 소녀를 대여섯 명의 굴뚝 청소부들이 둘러싸고 있는 모습이 눈에 띄었다. 그들도 소녀의 사과를 전부 사주고 싶은 듯했지만, 그들에게는 모두 합쳐도 리아르 동전 두세 개뿐이라 그것으로는 어찌해볼 도리가 없었다. 사과가 놓인 좌판이 그들에게는 헤스페리데스*의 정원이었고, 소녀는 그 정원을 지키는 용이었다. 그 희극에 나는 한동안 즐거웠다. 마침내 나는 소녀에게 사과 값을 치르고 그것을 어린 소년들에게 나눠주는 것으로 그 희극의 결말을 내주었다. 그때 나는 사람의 마음을 즐겁게 할 수 있는 가장 기분좋은 광경 하나를 보게 되었는데, 그것은 어린 나이의 순진함에 더해진 기쁨이 내 주변에서 퍼져나가는 광경이었다. 왜냐하면 바라보는 구경꾼들까지 그 기쁨을 나눠 가졌고, 나는 아주 싼값에 그 기쁨을 나누며 그것이 내 덕분이라고 느끼는 기쁨까지 덤으로 얻었기 때문이다.

이 재미와 앞서 그만둔 재미를 비교하면서 건전한 취향, 자연스러운

---

* 그리스신화에 나오는 여신들로, 용과 함께 헤라의 황금 사과나무를 지켰다.

기쁨과 호사에서 생겨나거나 경멸에서 비롯된 배타적인 취향, 조롱하는 즐거움에 불과한 기쁨의 차이를 깨닫고는 흐뭇했다. 가난해서 천박해진 사람들 무리가 짓밟히고 진흙투성이가 된 몇 조각의 빵을 탐욕스레 빼앗기 위해 넘어져 포개지고 서로 숨막히게 하고 거칠게 남을 밀치는 모습을 보면서 어떤 종류의 기쁨을 맛볼 수 있었겠는가?

그런 경우에 내가 맛보았던 쾌락의 종류에 대해 곰곰이 생각해본 결과, 그때 내가 느낀 쾌락은 남에게 호의를 베풀었다는 느낌보다 만족한 얼굴들을 보는 기쁨에 있었다는 사실을 발견했다. 내게 그 모습은 내 마음속까지 스며들기는 하지만 오로지 감각에만 속할 법한 그런 매력을 지니고 있다. 내가 누군가에게 제공한 만족감을 내 눈으로 보지 않는다면, 아무리 그것을 확신한들 반밖에 즐기지 못할 것이다. 나에게 그것은 또한 거기서 내가 차지할 수 있는 몫과 아무 상관이 없는, 이해관계를 떠난 기쁨이다. 왜냐하면 민중의 축제에서 쾌활한 얼굴들을 보는 기쁨은 언제나 내 마음을 강하게 끌어당기기 때문이다. 그렇지만 국민 스스로 아주 쾌활하다고 자부하면서도 막상 놀이에서는 그 쾌활함을 그다지 보여주지 못하는 프랑스에서는 이러한 기대가 자주 어긋났었다. 나는 예전에 하층민들이 춤추는 걸 보기 위해 술집에도 자주 가곤 했다. 그러나 그들의 춤은 너무 따분했고 자세 또한 매우 불편하고 서툴러서 거기서 나올 때는 즐겁다기보다 오히려 서글퍼졌다. 그러나 웃음기 없이 짓궂은 장난으로만 끝나는 법이 없는 제네바나 스위스의 축제일에는 모두에게서 만족과 유쾌함이 넘쳐흘러, 가난도 전혀 흉측한 모습을 띠지 않고 호사 또한 무례함을 드러내지 않는다. 행복과 우애와 화합이 사람들의 마음을 활짝 피어나게 하며, 순수한 기뻠의 열정 속에 서로 모르는 사람들끼리도 다가가 말을 걸고 껴안으면서 그날의 기쁨을 함께 즐기자고 권유하는 일이 흔했다. 이런 다정한 축제를 즐기기 위해 굳이 끼어들 필요 없이 보고 있는 것만으로 충분하다. 바라보면서도 충분히 공유되니 말이다. 그 많은 유쾌한 얼굴 중에서 내 마음보다 더 즐거운 마음은 없다고 나는 확신한다.

설령 그것이 감각적인 기쁨에 지나지 않는다 하더라도 거기에는 분명 어떤 도덕적인 이유가 있는데, 악인들의 표정에 나타난 기쁨과 환희의 표시가 그들의 악의가 만족을 얻은 표식에 불과하다는 것을 알고 있을 때는 똑같은 광경이라도 기분좋고 즐겁기는커녕 괴로움과 분노로 내 가슴을 찢어놓는다는 것이 바로 그 증거다. 오로지 순진한 기쁨의 표시만이 내 마음을 즐겁게 해줄 수 있다. 조롱하는 잔인한 기쁨의 표시는 나와 아무 상관이 없다 하더라도 내 마음에 상처를 입히고 아프게 한다. 전혀 다른 원칙들에서 나온 이 표시들은 분명 똑같을 수 없다. 여하튼 그것들은 기쁨의 표시인데, 그 두드러진 차이가 그것들이 내 마음속에 일으키는 감동의 차이와 확실히 비례하지는 않는다.

괴로움과 고통의 표시는 내 눈에 훨씬 더 두드러져 보여서, 그것이 표현하는 감정보다 어쩌면 훨씬 더 강렬한 감정으로 나 자신이 흥분하지 않고서는 그것을 지켜볼 수 없을 정도다. 감각을 부추기는 상상력이 고통스러워하는 사람과 나를 동일시하게 만들어 종종 그가 느끼는 번민 이상의 것을 내게 안겨준다. 불만에 찬 얼굴 또한 내가 견뎌낼 수 없는 모습으로, 특히 그 불만이 나와 관련되어 있다고 생각할 이유가 있을 때에는 더더욱 그렇다. 과거에 내가 어리석게도 끌려들어간 집에서 일하던 하인들은 언제나 내게 주인의 환대에 대한 대가를 치르게 했다. 얼굴을 찌푸린 채 시중을 드는 하인들의 그 침울하게 불평만 늘어놓는 태도에 내가 얼마나 많은 동전을 빼앗겼는지 이루 다 헤아릴 수가 없다. 감각을 지닌 대상들, 특히 기쁨이나 고통, 호의나 반감을 드러내는 대상들에게 언제나 너무 강한 자극을 받는 나는 그러한 외적인 인상들에 이끌릴 수밖에 없어, 그 자리를 뜨지 않고서는 달리 거기서 벗어날 도리가 없다. 모르는 사람의 표정 하나, 몸짓 하나, 눈짓 하나로도 내 기쁨을 깨뜨리거나 고통을 진정시키기에 충분하다. 나는 혼자 있을 때에만 온전히 나 자신이며, 그 상태를 벗어나면 주위 모든 사람들의 노리개가 된다.

예전에 사람들 눈에서 호의만 보고, 더 나쁜 경우라 해도 모르는 사람들 눈에서 무관심만을 보던 때에는 나도 세상 속에서 즐겁게 살았다. 그러나 사람들이 민중에게 내 천성을 숨기려는 것 못지않게 민중에게 내 얼굴을 보여주려 애쓰는 오늘날에는 거리에 발을 내딛기만 해도 가슴을 아프게 하는 것들에 둘러싸이게 된다. 나는 교외로 나갈 때 서둘러 성큼성큼 걷는다. 그러다 초목이 보이기만 하면 곧 숨을 돌리기 시작한다. 내가 고독을 좋아한다 해서 놀랄 일이겠는가? 사람들의 얼굴에서는 적대감만 보이지만, 자연은 언제나 내게 웃어준다.

그렇지만 내 얼굴이 사람들에게 알려지지 않은 한은 그들 속에서 사는 일에 여전히 기쁨을 느낀다는 사실을 고백해야겠다. 그러나 그것은 내게 남아 있지 않은 그런 기쁨이다. 몇 년 전만 해도 나는 마을들을 지나면서 아침이면 도리깨를 수선하는 농부들이나 아이들과 함께 문간에 나와 있는 아낙네들을 바라보는 게 좋았다. 그 광경에는 왠지 모르게 내 마음을 감동시키는 것이 있었다. 가끔 나는 무심코 멈춰 서서 그 착한 사람들이 하는 소소한 일과를 바라보며 까닭 모르게 한숨을 쉬곤 했다. 그런 소박한 기쁨에 민감한 나를 보고 누군가가 그 기쁨마저 빼앗으려 했을지 어떨지는 나도 모르겠다. 그러나 내가 지나갈 때 사람들의 표정은 눈에 띄게 바뀌고, 나를 바라보는 그 태도에서 누군가 숨겨진 내 이름을 밝혀내려고 애썼다는 사실을 알아챌 수밖에 없었다. 같은 일이 앵발리드*에서는 더욱 두드러지게 나타났다. 나는 언제나 그 훌륭한 건물에 관심이 있었다. 늘 감동과 존경을 품고서 이렇게 스파르타의 노인들처럼 말할 수 있는 저 선한 노인들의 무리를 바라보았다.

> 우리는 예전에
> 용감하고 대담한 청년들이었다네.**

좋아하는 산책로 중 하나가 사관학교 둘레에 있어 여기저기서 몇몇 상이군인들과 즐겁게 마주치곤 했는데, 군인의 옛 예법을 여전히 간직한 그들은 스쳐가면서 내게 경례를 했다. 내가 마음속으로 백배로 답례하던 그 경례에 기분이 좋아져, 그들을 만나는 데서 얻는 기쁨이 배가되었다. 마음을 감동시킨 것을 전혀 감출 줄 모르는 나이기에, 그 상이군인들과 그들의 모습이 내게 어떤 식으로 감동을 주는지에 대해 자주 말하곤 했다. 더는 그렇게 말할 필요가 없어졌지만. 얼마 지나지 않아 내가 더이상 그들에게 모르는 사람이 아님을, 아니 더 정확히 말해

---

* 파리의 에펠탑 뒤쪽에 있는 상이군인 기념관.

** 플루타르코스의 『영웅전』 중 「리쿠르고스전」에 나오는 구절.

그들도 대중과 똑같은 눈으로 나를 바라보게 된 이상 그들에게 내가 예전보다 더 모르는 사람이 되었다는 사실을 알게 되었다. 이제 예절도 인사도 없어졌다. 그들이 처음에 보여주었던 예의바름은 불쾌한 태도와 사나운 시선으로 바뀌었다. 직업 탓에 생긴 오랜 솔직함으로 다른 사람들처럼 자신의 적대감을 냉소적이거나 음흉한 가면으로 감추지도 못해 더없이 강렬한 증오를 노골적으로 드러내 보였는데, 내게 분노를 가장 덜 감추는 자를 가려내어 더 존경할 수밖에 없을 정도로 나의 비참함은 극에 달했다.

그때 이후로 앵발리드 쪽으로 산책하는 일이 덜 즐겁다. 그렇지만 그들에 대한 내 느낌은 나에 대한 그들의 느낌에 좌우되지 않아, 이 조국의 옛 수호자들을 만날 때마다 언제나 관심이 가고 존경심이 든다. 하지만 내가 그들을 인정하는 데 대한 그들의 보상이 몹시도 형편없다는 것은 정말 괴로운 일이다. 모두들 알고 있는 사실을 미처 모르거나 내 얼굴을 몰라 어떠한 반감도 보이지 않는 상이군인과 우연히 마주칠 때면, 그 한 사람의 예의바른 경례가 다른 이들의 험상궂은 태도를 상쇄해주기도 한다. 다른 이들은 다 잊고 그 한 사람만 생각하면서, 미움이 스며들지 못하는 내 마음처럼 그도 그런 영혼을 가졌으리라 상상해본다. 작년에도 '백조의 섬'*에 산책하러 가기 위해 강을 건너다가 그런 기쁨을 맛보았다. 한 늙고 불쌍한 상이군인이 배를 타고 강을 건너기 위해 동행을 기다리고 있었다. 그러던 차에 내가 나타났고, 나는 뱃사공에게 출발하자고 말했다. 물살이 세서 건너는 데 시간이 오래 걸렸

* 파리 센 강에 있는 섬.

다. 여느 때처럼 심하게 내쳐질까봐 겁이 나서 그 상이군인에게 감히 말을 건넬 엄두를 못 내고 있었지만, 그의 성실한 태도에 마음이 놓였다. 우리는 이야기를 나눴다. 그는 양식 있고 행실이 바른 사람 같아 보였다. 나는 그의 솔직하고 친절한 말투에 놀라고 무척 기뻤는데, 그런 정도의 호의에 익숙하지 않았기 때문이다. 그가 시골에서 온 지 얼마 안 되었다는 사실을 알고 나서 나의 놀라움은 그쳤다. 사람들이 아직 그에게 내 얼굴을 알려주지도 나에 대해 일러주지도 않았던 것이다. 나는 한 사람과 얼마간이라도 대화를 하기 위해 이렇게 내 신분이 드러나지 않은 상황을 이용했는데, 그때 내가 발견한 즐거움을 통해 가장 일상적인 기쁨도 드물게 일어나면 그 가치가 얼마나 커질 수 있는지를 깨달았다. 배에서 내리면서 그가 동전 두 푼을 꺼내려 했다. 행여 그의 마음을 상하게 할까봐 불안에 떨면서도 나는 통행료를 내며 동전을 다시 넣어두라고 말했다. 우려했던 일은 일어나지 않았다. 오히려 그는 나의 호의를 고마워하는 듯했고, 특히 나보다 나이가 많은 그가 배에서 내리는 것을 부축해준 일에 대해서는 더 그랬다. 그 일로 기뻐서 울어버릴 만큼 내가 어린애 같다면 누가 믿겠는가? 담배라도 사라고 24솔짜리 동전 하나를 손에 쥐여주고 싶어 죽을 지경이었지만 감히 그러지는 못했다. 나를 제지하는 바로 그 쑥스러움 때문에 나 자신을 기쁨으로 가득 채울 선행을 하지 못하는 일이 자주 있었고, 결국 그만두고 말았을 때는 나 자신의 어리석음을 한탄할 뿐이었다. 하지만 이번에는 그 늙은 상이군인과 헤어지고 난 뒤 곧바로 나 스스로 위로했는데, 돈을 주는 것은 올바른 일의 고귀함을 깎아내리고 공정함을 더럽히는 돈이라는 가치를 뒤섞는 것이기에, 말하자면 나 자신의 원칙에 어긋나는 행동이었다는 생각이 들었다. 돈이 필요한 사람들은 서둘러 도와야겠지만, 일상적인 교제에서는 자연스러운 호의나 예의바름이 나름대로 활동할 수 있게 내버려두자. 돈으로 매수하거나 돈을 벌려는 의도가 그토록 맑은 샘에 접근해 썩게 만들거나 변질시키는 일이 결코 없도록 말이다. 네덜란드 사람들은 시간을 알려주거나 길을 가르쳐주고서 그 대가를 받는다고들 한다. 인간의 가장 단순한 의무를 두고 이렇듯 거래하는 국민은 정말로 경멸할 만하다.

나는 환대歡待를 돈 받고 파는 곳은 유럽뿐이라는 사실에 주목했다. 아시아에서는 어디든 사람들을 공짜로 묵게 해준다. 거기서는 안락한 생활을 하기가 어렵다는 사실은 나도 알고 있다. 그러나 나는 사람이고, 내가 사람들 집에 초대받아 거처를 제공받는 것을 순수한 인간애라고 생각하는 것은 당연하지 않은가? 몸보다 마음이 대접받을 때, 사소한 불편쯤은 쉽게 견딜 수 있는 법이다.

열번째 산책

오늘은 성지주일聖枝主日, 바랑 부인을 처음 만난 지 정확히 오십 년이 되는 날이다. 이 세기와 함께 태어난 부인은 당시 스물여덟 살이었다. 나는 열일곱 살도 채 안 되었으나, 나도 모르게 싹트기 시작한 내 기질이 생기발랄하게 타고난 내 마음에 새로운 열정을 불어넣고 있었다. 그녀가 활기차지만 다정하고 겸손하며 용모도 꽤 준수한 젊은이에게 호의를 가진 것이 놀랄 일이 아니라면, 재치와 멋이 넘치는 매력적인 여인이 내게 고마운 마음과 더불어 당시는 분간할 수 없었던 보다 다정한 감정을 불러일으킨 것은 더더욱 놀랄 일이 아니었다. 다만 그 첫 순간이 내 일생을 결정짓고, 내가 피할 수 없도록 사슬로 묶어 내 남은 삶의 운명을 주조한 것은 범상치 않은 일이었다. 내 신체 기관들이 제 소중한 능력을 개발하지 못했던 그때, 내 영혼도 아직 정해진 형태를 갖추고 있지 못했다. 내 영혼은 일정한 형태가 갖춰질 시기를 다소 초조하게 기다리고 있었는데, 그녀와의 만남으로 그 순간이 빨라지기는 했어도 즉시 찾아오지는 않았기에 나는 교육을 통해 기른 소박한 품성으로 한 마음속에 사랑과 순결이 깃든 저 달콤하지만 빨리 지나가버리는 상태가 내게서는 오랫동안 지속되는 걸 지켜보았다. 그녀는 나를 멀리 보냈었다. 그러나 모든 것이 나를 그녀에게로 돌아가게 만들었고, 나는 그래야만 했다.* 그 귀환이 내 운명을 결정지었으며, 그녀를 차지하기 훨씬 전부터 나는 그녀 안에서 그녀를 위해서만 살았다. 아! 그녀가 내 마음을 충족시키듯 내가 그녀의 마음을 충족시킬 수 있었더라면! 우리는 참으로 평온하고 달콤한 날들을 함께 보낼 수 있었을 텐데! 그런 날들을 보내기도 했지만 그날들은 너무나 짧게 순식간에 지나가버렸고, 그뒤로 어떤 운명이 이어졌던가! 내 생애 동안 무엇과도 섞이지 않고 아무런 장애도 없이 내가 온전히 나였던, 진정으로 내가 삶을 살았노라고 말할 수 있는 저 유일하고 짧은 시절을 기쁨과 감동에 젖어 회상하지 않는 날이 하루도 없다. 베스파시아누스 황제 때 총애를 잃고 시골로 내려가 평온하게 여생을 마친 저 친위대장처럼 나도 이렇게 말할 수 있다. "나는 이 세상에서 칠십 년을 보냈지만 살아 있었던 것은 칠 년이다." 그 짧지만 소중한 시절이 없었다면, 나는 아마도 나 자신에게 확신을 갖지 못했을 것이다. 왜냐하면 그후 남은 생애 동안 나약하게 저항도 하지 못한 채 남의 정념에 마구 휘둘리고 우왕좌왕 시달리느라 파란 많은 삶을 살며 거의 수동적이 되어 내 행동에

---

* 바랑 부인은 1728년 루소를 이탈리아로 보내 가톨릭 세례를 받도록 한다. 루소는 토리노에 일 년 정도 머물다가 1729년 6월 바랑 부인에게로 돌아왔다.

서 내 것을 가려내기조차 힘들었을 것이기 때문인데, 그만큼 가혹한 필연은 끊임없이 나를 짓눌렀다. 그런데 그 짧은 몇 해 동안 줄곧 배려와 상냥함이 넘치는 여인의 사랑을 받은 나는 하고 싶은 대로 하고 되고 싶은 대로 되었으며, 여가를 이용해 그녀의 가르침과 본보기에 힘입어 아직 단순하고 순진한 내 영혼에 더욱 적합한 형태를 부여하게 되었고, 이후로 그 형태를 늘 간직해왔다. 고독과 명상의 취향이, 이를 키워주기에 알맞은 외향적이고 다정한 타고난 감정들과 더불어, 내 마음속에 생겨났다. 소동과 소음이 그것들을 옥죄고 억누르면, 고요와 평화가 되살리고 북돋워준다. 나는 사랑하려면 나 자신에 대한 성찰이 필요하다. 나는 엄마*에게 시골에서 살도록 권했다. 어느 골짜기 비탈에 외따로 있는 집이 우리의 은신처가 되었고, 바로 그곳에서 사오 년 동안 나는 한 세기의 삶을, 지금 내 처지의 모든 끔찍함을 제 매력으로 덮어주는 순수하고 완전한 행복을 즐겼다. 내 마음에 맞는 여자 친구가 필요했는데, 내가 그녀를 차지한 것이다. 시골을 갈망했는데, 그것을 얻은 것이다. 또한 속박을 견딜 수 없었는데 완벽하게 자유로웠으며, 오직 이 애정의 구속만을 받으며 내가 하고 싶은 것만 했기에 자유로움 그 이상이었다. 내 모든 시간은 애정 어린 배려나 전원의 일거리로 메워졌다. 그토록 달콤한 상태가 지속되는 것 외에는 아무것도 바라지 않았다. 유일한 걱정은 그 상태가 오래가지 못하리라는 두려움이었는데, 우리의 궁색한 상황에서 생겨난 두려움이기에 근거가 없지 않았다. 그때부터 나는 그 불안에서 벗어날 기분 전환 거리와 그 결과에

---

* 루소는 바랑 부인을 '엄마'라고 불렀다.

대비한 방책을 마련하려고 했다. 나는 풍부한 재능을 갖추는 것이야말로 가난을 막는 가장 확실한 밑천이라고 생각하고서, 그것이 가능하다면, 가장 뛰어난 여인에게 받은 도움을 언젠가는 갚는 데 나의 여가를 이용하기로 결심했다.*

* 루소는 1776년 『고독한 산책자의 몽상』의 집필을 시작했지만 완성하지 못한 채 1778년 사망했다.

자아의 탐구에서 자아의 향유로

『고독한 산책자의 몽상』과 자아의 탐구

『고독한 산책자의 몽상』은 루소가 1776년 가을부터 1778년 7월 2일 뇌출혈로 사망하기 전까지, 인생의 온갖 파란을 겪은 후 마지막으로 그에게 남겨진 주제 "모든 것에서 떨어져나온 나, 나 자신은 무엇인가"를 두고, 자기 자신에 대한 내적 성찰과 회한, 명상, 그리고 몽상의 체험을 기록한 작품이다. 루소가 마지막 순간까지 탐구하고 추구한 '나 자신'이란 무엇일까? 그리고 루소는 왜 그 탐구의 궤적을 기록한 글에 '몽상'이라는 제목을 붙였을까? 『고독한 산책자의 몽상』이 우리에게 불러일으키는 의문이다.

인간은 개인적, 사회적 경험의 총체를 관류하는 자아의식과 내면적으로 구성되는 자아에 대한 인식을 통해 '나는 나 자신'임을 확인하고자 한다. 현대인에게 자명해 보이는 이러한 자아에 대한 물음을 문학적으로 표현한 최초의 작가로 흔히 루소를 꼽는다. 『고백록』과 『대화: 루소, 장자크를 심판하다』에 이어 『고독한 산책자의 몽상』에 이르기까지 루소는 서구 문학사에서 유례없는 집중력으로 그 자신을 묘사해 삶을 재구성했고, 그를 통해 진정한 자아와 자신의 진실을 추구했다. 루소가 처음으로 쓴 자전적 형식의 글은 1761년 출판업자 마르크 미셸 레의 권고로 자신에 대한 이야기를 단장短章 형식으로 기록한 『나의 초상』이다. 그 글에서 루소는 자서전을 집필하는 이유를 다음과 같이 밝히고 있다.

> 인생의 종점에 다가가고 있는데 나는 이 세상에서 어떤 좋은 일도 하지 못했다. 좋은 의도는 있었지만 좋은 일을 하는 것은 언제나 생각만큼 쉽지 않다. 나는 사람들에게 줄 수 있는 새로운 종류의 도움을 생각하고 있다. 그것은 사람들이 자기 자신을 아는 법을 배울 수 있도록 그들 중 한 인간의 이미지를 충실히 제공하는 것이다.

성 아우구스티누스의 『고백록』처럼 신에게로 귀의하는 영혼의 여정을 기술하는 것도, 몽테뉴의 『수상록』처럼 '내가 무엇을 아는가'라는 인식론적 질문을 던지고 자신과 세계에 대해 알고자 하는 지적 자아를 추구하는 것도 아닌, "자기 자신을 아는 법을 배울 수 있도록 그들 중 한 인간의 이미지를 충실히 제공"하려 한 루소의 의도는 내용과 기술에서 매우 독창적이고 본격적인 자아 인식의 양상을 보여준다. 루소는 과연 『고백록』에서 『대화: 루소, 장자크를 심판하다』를 거쳐 마지막 저술인 『고독한 산책자의 몽상』에 이르기까지 이른바 자서전 3부작을 통해 참으로 충실하게 그 목표를 수행한 듯하다.

루소 자서전의 현대성은 무엇보다 루소가 자신은 "현존하는 그 누구와도 같게 만들어져 있지 않다"고 믿고 자신에 관한 이야기가 "결코 유례가 없는 기획"(『고백록』)이 될 것임을 알고 있었다는 데 있다. 루소는 모든 사람의 삶이 제각기 유일하며 개별 경험의 절대성이야말로 인간의 진실한 자기 이해를 가능케 하는 결정적인 실마리라는 현대적 자아의식을 선취하고 있었던 것이다. 루소 자서전의 독창적인 글쓰기 방식은 이러한 자아의식으로부터 비롯되었다.

> 어떻게 해서든지 독자들의 눈에 투명하게 내 영혼을 드러내 보이고 싶다. 그렇게 하기 위해 나는 내 영혼을 모든 관점에서 독자에게 보여주고, 온갖 빛으로 비추어 독자들의 눈에 띄지 않는 움직임이란 하나도 없게 하려고 노력한다. 그렇게 되면 그것들이 생겨난 원리를 독자 자신이 판단할 수 있을 것이기 때문이다.(『고백록』, 고딕체 강조는 역자)

루소의 자서전은 이러저러한 삶의 경험 속에서 남들에게 드러난 자기 모습의 내적 동기와 내면의 움직임을 빠짐없이 솔직하게 묘사한다. 이를 위해 루소는 실수든 과오든 어떤 사실도 빠뜨리지 않고 상세히 이야기하고, 모순적이고 복합적인 감정을 숨김없이 최대한 파헤쳐 보였다. 자신의 진실을 부인하는 타자를 극단적으로 부정하고 단죄하며 『고백록』을 마칠 정도로, 루소는 자기 진실에 대해 확고한 믿음을 갖고 있었다.

나는 진실을 말했다. 만약 어떤 사람이 내가 방금 진술한 것과 상반된 것을 알고 있다면, 아무리 입증된 것이라 해도 그것은 거짓이자 중상모략이다. 그리고 내가 살아 있는 동안 내 앞에 와서 그것을 철저히 규명하고 해명하기를 거부한다면 그는 정의도 진실도 사랑하지 않는 것이다. 어느 누구든지, 심지어 내 저서를 읽지 않았더라도, 자기 자신의 눈으로 내 천성, 내 성격, 내 품행, 내 성향, 내 즐거움, 내 습관을 검토하고 나서도 나를 부정직한 사람이라고 생각할 수 있는 자가 있다면 그자야말로 숨통을 끊어놓아야 할 인간이다.

루소가 개인과 사회의 현대적 관계를 날카롭게 의식한 최초의 작가로 여겨지는 이유는 자서전에서 이러한 방식으로, 다시 말해 자신에 관해 '처음'부터 '모든 것'을 말하는 방식으로 그의 내밀한 심리와 성향이 사회의 통제 아래, 사회와의 관계 속에서 어떻게 형성되었는지를 탁월하게 밝혀 보여주었기 때문이다.

루소는 철저하게 주변인의 삶을 살았다. 1712년 스위스 제네바에서 가난한 시계제조공의 아들로 태어난 루소는 태어나자마자 어머니를 잃고 열 살에 아버지 이사크 루소를 떠나 친척인 랑베르시에 목사에게 맡겨졌다. 열세 살 때는 완전히 혼자가 되어 조각공 아벨 뒤코맹의 견습공 노릇을 했고, 결국 1728년 그곳의 가혹한 생활을 피해 제네바를 떠났다. 프랑스 안시에서 운명의 여인 바랑 부인을 만나 그녀의 주선으로 토리노의 수도원 보호시설로 보내져 그곳에서 가톨릭으로 개종

했다. 이후 여러 도시를 전전하며 하인, 서기, 음악 교사 노릇을 했고, 우여곡절 끝에 1736년 바랑 부인과 함께 샤르메트에서 전원생활을 시작한 루소는 그 시기에 여러 분야의 학문을 독학했다. 루소는 그때를 가장 행복했던 시절로 회상한다. 1742년 새로운 악보 표기법을 들고 파리로 상경한 루소는 많은 사교계 인사들, 철학자라 불리던 문인들, 학자들과 교류를 시작하며 이른바 '문예공화국'에 입성했다. 이후 루소는 불평등이 해소될 수 있는 이상적인 사회를 구상하고(『사회계약론』) 그것을 구현한 이상적인 공동체와 거기에 적합한 인간이 갖춰야 할 미덕을 제시했으며(『누벨 엘로이즈』), 타락한 현실 사회 속에서 미덕을 갖춘 인간을 어떻게 양성할 수 있는지에 관하여 오늘날 교육학의 정전正傳으로 남은 교육론을 치밀하게 정립했다(『에밀』).

그러나 루소를 '문예공화국'에 등단케 한 논문이 학문과 예술을 비난하는 『학문예술론』이었고, 연극이 사람들의 마음에 허영심을 조장하고 자신을 외면하게 만든다고 비난하면서 연애소설인 『누벨 엘로이즈』를 썼으며, 교육론 『에밀』의 저자이면서 정작 자신의 아이들을 고아원에 버린 루소의 특이한 이력은, 그에 대한 많은 비난과 조소의 빌미를 제공했다. 게다가 『학문예술론』의 성공 이후, 그는 자신이 주장한 미덕을 몸소 실천하려는 작가로서의 진정성을 발현하여 귀족들의 문예 옹호 제도가 주는 혜택을 거부하고 사치스러운 의복과 시계도 포기한 채 악보 필경사로 살기를 선택한다. 이렇게 사교계와 '문예공화국'을 등지는 루소의 행적은 볼테르, 디드로, 달랑베르 등 친분이 있던 계몽철학자들과의 불화를 야기했을 뿐만 아니라 그에 대한 비난 여론을 형성시켰다. 급기야 1762년 파리 고등법원은 『에밀』을 불경한 서적으로 규정하고 루소에게도 체포령을 내린다. 이어서 제네바에서도 『에밀』과 『사회계약론』이 소각되고 체포령이 떨어지자 루소는 모든 사람들이 자신을 이상한 괴물, 풍속을 해치는 자로 여기며 자신에게 온갖 모욕을 주기 위해 공모했다는 피해 의식에 시달리게 된다.

첫번째 자서전 『고백록』은 자신이 진실을 말하면 사람들의 오해가 풀리고 자신의 진정성이 받아들여지리라는 믿음 아래 기술되었다. 그리고 『고백록』의 진정성을 입증하기 위해 루소는 생전에 그것을 출판하지 않기로 마음먹었지만, 예외적으로 개인적인 친분이 있던 스웨덴 왕태자와 데그몽 백작부인 집에서 『고백록』을 낭독했다. 당국의 조치로 『고백록』 낭독이 금지되자, 루소는 자신을 정당화하기 위한 새로운 시도로 『대화: 루소, 장자크를 심판하다』를 썼다. 독자를 효과적으로 설득하기 위해 대화 형식으로 장자크의 진실함에 대한 객관적 논증을 시도한 『대화: 루소, 장자크를 심판하다』를 기술할 당시 루소의 피해 의식이 어느 정도였는지는 그것이 적들의 손에 넘어가지 않게 할 확실한 방법으로 파리 노트르담 성당 제단에 그것을 바치려 시도하고, 그 시도가 실패하자 거리에서 「아직도 정의와 진리를 사랑하는 모든 프랑스인들에게」라는 전단을 유포한 데서 짐작할 수 있다. 루소는 『고백록』과 『대화: 루소, 장자크를 심판하다』의 진실을 그의 동시대인들은 아니더라도 후세는 알아주리라는 희망과 기대를 놓지 않았다. 오랜 고통과 두려움과 분노에 휩싸여 있던 루소가 마침내 그 희망마저 헛된 것임을 깨닫고 체념하게 된 것은 세상의 여론이란 것이 인간의 이기심을 어떻게 자극하고 강화시키는가를 깨달으면서였다.

마침내 내 결백이 알려져 나를 박해한 자들을 설득하게 된다 하더라도, 진실이 모든 사람들의 눈에서 태양보다 더 환하게 빛난다 할지라도, 세상 사람들은 분노를 가라앉히기는커녕 더욱 심한 증오심을 품게 될 것이다. 그때 그들은 즐겨 내 탓으로 돌린 악행 때문에 오늘날 나를 증오하는 것보다 더욱더 그들 자신의 부당함 때문에 나를 증오할 것이다. 사람들은 그들이 내게 잔뜩 짊어지운 내 비열함을 결코 용서하지 못할 것이다.(『고독한 산책자의 몽상』 초고)

그들의 부정不正이 내 죄를 만들었지만 그들의 자존심은 결코 내 죄를 용서하지 않을 것이며, 그들이 대중의 적대감을 유지시키고 끊임없이 부추기려 노력할 테니 대중도 그들처럼 진정되지 않을 것이다.(『고독한 산책자의 몽상』, 「첫번째 산책」, 13쪽)

『고독한 산책자의 몽상』은 이 모든 절박한 노력이 수포로 돌아가고 난 뒤 끝내 세상 사람들에게서 떨어져나와 완전히 혼자가 되었음을 선언하면서 시작된다.

마침내 나는 이제 이 세상에서 나 자신 말고는 형제도, 이웃도, 친구도, 교제할 사람도 없는 외톨이가 되었다. 인간들 중에서도 가장 사교적이고 정이 많은 내가 만장일치로 인간 사회에서 쫓겨난 것이다.(「첫번째 산책」, 7쪽)

고독이라는 유형流刑에 처해진 루소, 마침내 루소는 그 고독 속에서 가장 힘들었던 희망이라는 고문을 내려놓고 오직 자기 자신만을 위해, 자신을 탐구하고 자아를 향유하는 고독의 글쓰기를 선택한다.

> 바로 이것이 나를 박해하는 자들이 적대감으로 아무 대책 없이 온갖 독설을 쏟아냄으로써 오히려 내게 베풀게 된 선행이다. 그들은 나에 대한 지배력을 모두 잃었고, 나는 이제 그들을 비웃을 수 있다.(「첫번째 산책」, 11쪽)

고독을 적극적으로 선택하며 루소가 마음먹은 일은 자신의 영혼과 대화하는 것이었다.

> 이제 남은 생애 동안 혼자인 나는 위안도 희망도 평화도 내 안에서만 찾을 수 있으니, 오로지 나 자신에게만 몰두해야 하며 또 그렇게 하고 싶다.(「첫번째 산책」, 14쪽)

그 즐거움은 누구도 그에게서 빼앗을 수 없는 유일한 것일 뿐만 아니라, 자신의 내적 성향을 깊이 성찰해봄으로써 자신에게 남아 있을지도 모를 악덕을 바로잡을 수 있다면, 비록 이제 늙어 이 세상에서는 아무 쓸모가 없다 하더라도 자신의 남은 생애를 허비하는 일이 아닐 것이라 판단한 것이다. 이는 루소가 인간 삶의 동력인 윤리적 계기를 끝까지 놓지 않았음을 말해준다. 그것을 놓는 것은 인간이기를 포기하는 것이므로.

『고독한 산책자의 몽상』과 자아의 회복

루소는 일생 동안 매일 산책을 했다고 해도 과언이 아니다. 요로결석이라는 비뇨기 질병을 오랫동안 앓은 탓에 건강을 위해 걸어야 했고 산책은 그의 예민한 기질을 다스리는 데도 효과적이었다. "산책할 기운이 있는 한 나는 삶의 즐거움을 발견할 것이고 그것은 사람들이 내게서 빼앗을 수 없는 즐거움이다"(1769년 5월 19일 편지)에서 볼 수 있듯, 루소에게 산책은 귀족들과 사교계의 사교 행위인 의례적이고 사치스러운 산책이 아니다. 걸어가는 가운데 자연스럽게 영혼이 육체에서 벗어나 자신을 둘러싼 자연과 일체감을 느끼고 그 즐거움을 통해 심신이 회복되는 것을 느끼는 일종의 치유였다. 이는 열세 살 때 제네바를 떠난 이후 유럽 각지를 떠돌아다녔던 도보 여행이 루소에게 남겨준 즐거움이기도 하다.

> 이 글의 제목을 제대로 충족하려면 육십 년 전에 이 글을 시작했어야 할 것이다. 왜냐하면 내 인생 전체가 거의 매일 하는 산책으로 장이 나뉜 하나의 긴 몽상에 지나지 않기 때문이다.(『고독한 산책자의 몽상』 초고)

『고백록』에서 루소는 "왜 몽상을 기술하겠는가"라고 반문하며 몽상에서 그가 향유했던 것을 다른 사람들에게 말함으로써 현재의 매력을 반감시킬 이유가 없다고 말했다. 그러나 이제 노년에 이르러 루소는 산책하면서 느꼈던 영혼의 자유로움과 자연과의 일체감을 기억하고 그때의 기쁨을 되살리고 싶어 그것들을 기록하고자 한다. 그렇게 자아를 회복하는 것만이 자신의 불행, 자신을 박해하는 자들, 자신이 받은 모욕에 대한 보상이 될 수 있다는 것을 알게 되었기 때문이다.

> 내가 살아 있는 동안 누군가 이 글을 내게서 앗아간다 하더라도 그것을 썼던 즐거움이나 그 내용에 대한 기억, 이 글을 낳은 고독한 명상들, 내 영혼이 다할 때에만 그 원천이 소멸될 고독한 명상들을 빼앗아가지는 못할 것이다.(「첫번째 산책」, 17쪽)

고독한 루소의 산책은 대부분 명상으로 채워진다. 과거에 그 명상들이 현실에 대한 성찰과 그것을 토대로 한 저술의 구상이었다면, 노년의 루소에게 명상은 자신의 심리에 대한 분석, 아직도 남아 있는 회한에 대한 성찰, 즐거운 시절의 회상이며, 이는 때로 감미로운 자연과의 교감에 자신을 내맡기는 초월적 체험인 몽상으로 이어진다.

프로이트의 '무의식'을 떠올리지 않더라도 인간은 마지막 숨이 멎는 순간까지 살아오는 동안 겪은 육체적, 심리적, 정신적 경험의 총체를 짊어진 채 생을 유지해야 한다. 삶의 경험의 총량은 나이가 들수록 늘어나지만 점점 쇠약해지는 육체의 한계와 더불어 어느 나이에 이르면 인간은 그 모든 경험을 짊어지고 있을 힘이 부족해지는 것을 절감한다. 생의 마지막 순간에 도달한 루소가 노년의 심약해진 기운과 정서를 성찰하고, 더는 타인과의 관계에 대처할 수 없게 된 존재가 소멸해가는 순간에도 살아 있음에서 찾을 수 있는 의미가 무엇인지를 모색하는 「세번째 산책」은 루소 개인의 경험을 넘어, 노년의 인간이 사회적·존재·

론적으로 겪을 수밖에 없는 자기소외에 대한 깊은 성찰을 보여준다.

우리는 태어나면서 경기를 시작해 죽어서야 벗어난다. 경기의 막바지에 이르러 전차 모는 법을 더 잘 배운들 무슨 소용이 있는가? 그때는 이제 거기서 어떻게 빠져나와야 할지 궁리하는 일만 남는 것을. 노인의 공부란, 그에게 아직도 할 일이 남아 있다면 오로지 죽는 법을 배우는 것일진대, 내 나이의 사람들이 가장 하지 않는 일이 바로 이 공부로, 그들은 이것만 제외하고 온갖 일에 대해 생각한다. 모든 노인들은 어린아이보다 더 삶에 집착하며, 젊은이보다 더 마지못해 세상을 떠나간다. 그들이 겪은 모든 고된 일이 바로 이 삶을 위한 것이었는데도 마지막에는 그것이 헛수고였음을 알게 되기 때문이다. 그의 모든 정성, 온갖 재물, 고된 밤샘으로 이뤄낸 성과들, 떠날 때는 이 모든 것을 버리고 간다. 사는 동안 죽을 때 가져갈 수 있는 것을 얻을 생각은 조금도 하지 않았기에.(「세번째 산책」, 34~35쪽)

태어나면서부터 시작된 경기의 막바지에 이른 인간에게 필요한 것은 경기에서 이기는 기술이 아니다. 인생에 들어올 때와 나갈 때의 차이를 직시할 때, 사는 동안 필요했고 성취했던 모든 것이 죽음을 앞둔 인간에게는 더이상 아무런 의미가 없음이 자명해진다. 노년에 진정으로 필요한 공부는 자신의 외부에 대한 것이 아니라 자기 자신을 회복할 수 있는 자아 탐구여야 한다. 루소 자신이 이제 시도하는 영혼과의 대화가 바로 그것이다.

그러나 인내심, 온정, 체념, 청렴결백, 공정함은 몸에 지니고 가는 재산으로, 심지어 죽음이 그 가치를 떨어뜨릴까 염려하지 않고 계속 더 풍부하게 만들 수 있는 재산이다. 바로 이 유일하고도 유익한 연구에 내 남은 노년을 바치겠다. 만일 내가 스스로 발전하여 인생에 들어섰을 때보다 더 훌륭하지는 않더라도, 이는 가능하지 않으니까, 더 높은 덕을 갖추고 인생에서 나가는 법을 배운다면 참으로 다행한 일이다.(「세번째 산책」, 51쪽)

세상에서 가장 불행한 자가 되어버린 지금의 루소에게 비로소 가능해진 행복과 지난날 문단에 이름을 떨치고 사교계에서 환영받던 시절의 행복을 비교하며 진정한 행복이 무엇인지 성찰하는 「여덟번째 산책」과 「아홉번째 산책」은 무상하고 유한한 인간에게 행복의 갈망이란 덧없고 환상에 불과한 것임을, 그보다 자기 자신이 진정 만족하는 상태를 아는 것이 가능한 행복임을 강조한다.

행복이란 항구적인 상태로, 이 세상 사람을 위해 마련된 것은 아닌 듯 보인다. 지상에서는 모든 것이 끊임없는 흐름 속에 있어 변함없는 모습을 지니도록 허락되지 않는다. 우리 주변의 모든 것이 변화한다. 우리 자신도 변해서 아무도 자기가 오늘 사랑하는 것을 내일도 사랑하리라고 확신할 수 없다. 따라서 이 삶의 행복을 위한 우리의 모든 계획은 공상이다.(「아홉번째 산책」, 143쪽)

마침내 신과 무관한, 지상에서의 인간적인 행복을 주장하기 시작한 계몽주의 시대에, 루소는 유한한 인간에게 적합한 행복의 가능성을 이처럼 자아의 회복이라는 문제와 직결시켰다. 루소에게 행복은 자아의 회복 없이는 불가능하다.

> 나는 도처에서 환대받고 초청받고 환영받았다. 적도 없었고 악의를 품거나 시기하는 사람도 없었다. 남들이 나를 돌봐주려고만 했기에 나도 많은 사람들에게 잘해주는 기쁨을 자주 맛보았고, 재산도 일자리도 후원자도, 제대로 개발하거나 알려진 그럴듯한 재능도 없었지만 나는 이 모든 것과 결부된 혜택을 누리고 있어서, 어떤 신분에서든 나보다 신세가 나아 보이는 사람은 아무도 보지 못했다. 그러니 행복해지기 위해 내게 무엇이 더 필요했겠는가? 그건 모르겠지만, 내가 행복하지 않았다는 것은 안다.
>
> 이제 세상에서 가장 불운한 자가 되기 위해 내게 뭐가 더 필요하겠는가? 그렇게 되도록 사람들이 했던 모든 일에는 부족함이 없다. 좋다, 이런 한심한 상태에서도 나는 여전히 그들 중 가장 유복한 사람과 나의 존재나 운명을 바꾸지 않을 것이다. 번영을 누리고 있는 그런 사람들 중 누군가가 되기보다는 아무리 비참해도 나 자신으로 있는 편이 훨씬 낫다. 홀로 남겨진 나는 사실 나 자신의 실체를 양식 삼아 살아가고 있지만 이는 소진되지 않으며, 설령 헛되이 되새김질하고 있고, 말라버린 상상력과 흐려진 생각이 더이상 내 마음에 자양분을 제공해주지 못한다 해도 나는 나 자신에게 만족한다.(「여덟 번째 산책」, 128~129쪽)

루소는 이런 상태에서 적어도 인간이 계획적으로 마음에 악을 품게 되지 않는다는 것만으로도 자족적인 행복의 가능성이 있다고 생각했다. 산책중의 식물채집은 자기만족의 행복을 가능하게 해주는 루소의 마지막 취미였다. 유용성의 개념을 벗어난 식물에 대한 순수한 관찰은 자연에 대한 즐거운 몰입이며 어떤 악의도 들어설 여지가 없는 상태다.

명백한 잘못이 남긴 회한은 마지막까지 루소의 의식을 붙잡고 자아를 탐구하는 명상의 중요한 계기로 작용했다. 루소를 겨냥한 볼테르의 고의적인 비방문 「시민들의 견해」에서 루소에게 가장 큰 타격을 준 것은 그가 자식들을 고아원 문 앞에 버렸다는 사실의 폭로였고, 유감스럽게도 이는 부인할 수 없는 그의 잘못이었다. 루소가 『고백록』과 『대화: 루소, 장자크를 심판하다』를 쓰게 된 직접적인 동기였던 이 잘못에 대한 회한은, 모든 희망을 내려놓고 이제 자기 자신만을 위해 글을 쓰기로 한 『고독한 산책자의 몽상』에서 다시금 루소를 사로잡는다.

진실과 거짓에 대한 논증의 결과, 자신이 "알려진 진실과 반대로 말한 일이 있었다면 그것은 그 누구와도 절대로 상관없는 일에서만" 그리했으며, 자신의 고백이 악행은 아니지만 "말하기에 더 창피하고 더 고통스러운 자백"이었음을 강조한 「네번째 산책」 이후 「아홉번째 산책」에서도 루소는 자신의 아이들을 고아원에 버린 이유에 대해 다시 한번 해명을 시도한다. 사회 속에서 개인의 모든 잘못은 사회와 연루되는 만큼 루소의 잘못은 그의 의도나 그에 대한 사회의 부당함과 상관없이 절대적인 악으로 치부될 수밖에 없다. 잘못을 고백하더라도 고백했다는 사실만으로 회한을 없애지는 못한다. 그것이 악의에서 비롯된 것은 아니라는 사실을 강조하고 정황을 아무리 솔직하고 자세하게 설명해도 변명이라는 느낌 또한 깨끗이 지워지지 않는다. 잘못에 대한 회한이야말로 어떤 합리적이고 정당한 근거를 말하더라도 그 잘못이 초래한 결과를 스스로 용납하지 못한다면 마지막까지 그를 붙들고 놓아주지 않는 영혼의 깊은 상처다.

> 나 자신을 더욱 세심하게 검토하면서, 내가 기억하기에 진실이라고 말했던 많은 일들이 나의 창작물이라는 사실에 매우 놀랐다. 그 시절에 나는 진실에 대한 나의 사랑에 자부심을 느끼며 그것을 위해, 내가 알기로는 유례가 없는 공정함을 가지고 나의 안전과 이득, 그리고 나 자신을 희생시켰다.(「네번째 산책」, 55쪽)

「여섯번째 산책」에서야 루소는 마침내 자신의 잘못을 둘러싼 정황을 거리를 두고 바라보며, 진실에 대한 일방적인 주장에서 한 걸음 물러서서 그를 쫓아낸 사회와의 화해를 다음과 같이 시도한다.

> 그들의 잘못은 나를 쓸모없는 구성원으로 치부해 사회에서 격리시킨 일이 아니라, 나를 해로운 구성원으로 치부해 내쫓은 일이다. 내가 선을 행한 적이 거의 없다는 사실은 인정하지만, 악행으로 말하면 평생 내 의지 속에 들어온 일조차 없으며, 실제로 나보다 악을 덜 행한 인간이 세상에 있을까도 의문스럽기 때문이다.(「여섯번째 산책」, 105쪽)

적어도 루소는 자신의 잘못에 대해 사회가 내린 판단의 오류를 지적하고 악의 책임을 개인에게 전가하는 사회에 정당한 경고를 했다. 충분한 화해는 아니지만, 이러한 명상을 통해 어느 정도 회한을 덜어내고 자아를 회복했기 때문에 루소는 마지막 「열번째 산책」에서 마침내 가장 행복했던 시간, 그가 충만한 자아로 존재하며 스스로 만족하고 지낼 수 있었던 시간으로 기억하는 샤르메트에서의 전원생활과 바랑 부인에 대해 말할 수 있게 된 것이 아닐까.

『고독한 산책자의 몽상』과 자아의 향유

1300년경에는 프랑스어 '몽상하다rêver'가 '방랑하다'의 의미로 쓰였다. 17세기에 와서야 '깊이 생각하다'라는 의미를 갖게 되는데, 그후로 '몽상'은 무엇보다 일상의 흐름에서 벗어나 인간을 현실에 부재하게 만드는 깊은 성찰과 명상, 그러한 상태를 야기하는 자연 속에서 모든 감각을 잠들게 하는 반수면 상태의 의미를 포괄한다. 식물채집을 하며 전원을 산책하면서 잠겨드는 몽상은 '몽상'의 이러한 문학적인 전통의 연장선에 있다.

> 나를 식물학에 집착하게 만드는 것은 바로 연속적으로 이어지는 부수적인 관념들이다. 식물학은 내 상상을 더욱 즐겁게 해주는 온갖 관념을 끌어모으고 내 상상력을 통해 그것들이 되살아나게 해준다. 초원, 하천, 숲, 고독, 무엇보다 평화와 이 모든 것 속에서 찾게 되는 안정이 식물학 덕분에 끊임없이 내 기억 속에서 되새겨진다.(「일곱

번째 산책」, 126쪽)

이성적인 사유 능력은 인간이 후천적으로 획득한 것으로서, 루소는 사유하는 것이 자연에 반하는 활동으로 언제나 그의 성향과 맞지 않아 억지로 몰두해야 하는 고된 훈련이었음을 고백한 바 있다(「일곱번째 산책」). 인간의 정신은 몽상 속에서 최초의 어떤 기능을 되찾을 수 있다. 루소가 말하는 '몽상'은 식물채집처럼 대상물에 의해 촉발되는 즐거운 기억의 연장으로서의 몽상뿐만 아니라, '아무런 대상도 없이', "공기와 물의 흐름에 자신을 내맡긴 채" 온전히 현재 자신의 존재감만으로 영혼 전체가 채워지는 초월적인 체험으로서의 몽상이다. 루소가 생피에르 섬에서 맛본 이러한 몽상의 체험은 이후 낭만주의자들에게서 또다른 형태의 문학적 몽상의 전통으로 이어진다.

그러나 만일 영혼이 과거를 다시 불러내거나 미래로 성큼 넘어갈 필요 없이 온전히 몸을 맡기고 자신의 존재 전체를 집중시킬 수 있을 만큼 충분히 군건한 평정심을 찾아낼 수 있는 상태가 있다면, 영혼에게 시간이 아무것도 아닌 상태, 현재가 영원히 지속되면서도 그 지속성을 드러내지 않고 그것이 연속되고 있다는 흔적도 없는, 우리의 존재에 대한 느낌 외에 박탈이나 향유의 느낌도, 쾌락이나 고통, 욕망, 공포의 느낌도 전혀 없는 상태, 또한 우리의 존재감만이 영혼 전체를 채울 수 있는 그러한 상태가 있다면, 이 상태에 있는 자는 지속되는 한 행복한 사람이라고 부를 수 있을 것이다. 이것은 삶의 쾌락에서 발견되는 것처럼 불완전하고 초라하고 상대적인 행복이 아니라, 채울 필요를 느끼는 어떤 빈자리도 영혼 속에 남겨두지 않는 만족스럽고 완벽하며 충만한 행복이다.(「다섯번째 산책」, 86쪽)

존재의 본질을 체험하는 몽상이야말로 자기 외부에 있는 모든 것, 남의 시선이나 평판과 무관하게 오로지 자기 자신으로만 존재할 수 있을 정도로 회복된 자아의 향유다. 루소의 마지막 글쓰기는 몽상의 글쓰기여야 했다. 즐거움과 고통, 분노와 회한, 치유되지 못한 영혼의 상처, 지나간 온갖 경험이 혼란스럽게 아무때나 정신과 마음을 어지럽히는 노년의 시기에, 루소는 자연 속에서의 명상을 통해 자기 자신을 돌아보고 자신이 무엇을 진정으로 원하고 좋아하는 사람인지, 가장 행복하고 스스로 만족하는 때가 언제인지를 성찰함으로써 진정한 자아로서 남은 생을 살기를 원했기 때문이다. 루소는 몽상의 체험을 통해 그토록 고달픈 심신을 치유하고 진정한 자아를 향유하는 법을 배웠다.

마지막 「열번째 산책」에서 루소는 바랑 부인과의 행복했던 시절에 대해 말하고 싶어했다. 이제 죽음을 앞둔 그에게, 그 시절이야말로 아무런 거리낌없이 자신이 본래의 진정한 자아로 존재했던 시간이라고 느껴졌기 때문이리라 짐작해본다. 루소는 가장 하고 싶었던 이야기를 막 시작해놓고는 채 끝내지 못하고 생을 마쳤다. 모든 불행을 비워내고 삶에서 가장 행복했던 시기의 자신을 발견한 루소는 그것을 몽상의 글쓰기를 통해 연장하고 싶었을까, 아니면 그마저 서서히 비워내고 싶었을까? 그것은 알 수 없지만, 바랑 부인과의 기억 속에 있는 자신을 회상하는 일은 루소의 마지막 즐거움이었을 것이다.

문경자

장자크 루소 연보

1712년 6월 28일, 아버지 이사크 루소와 어머니 쉬잔 베르나르의 둘째 아들로 제네바에서 태어남. 7월 7일, 어머니가 심한 열로 사망. 루소는 고모 쉬잔 루소의 손에서 자람.

1719년 아버지와 함께 소설을 읽기 시작함.

1720년 겨울부터 역사와 윤리학에 관한 서적, 특히 플루타르코스의 저작을 읽기 시작함.

1722년 10월 11일, 퇴역 군인과 다툰 일로 아버지가 제네바를 떠남. 10월 21일, 사촌 베르나르와 함께 보세에 있는 개신교 목사 랑베르시에에게 맡겨짐.

1725년 5월 1일, 조각가 아벨 뒤코묑의 집에 견습공으로 들어감. 고용주의 가혹한 취급에 거짓말과 도둑질 등을 익히게 됨.

1726년 3월 5일, 아버지가 니옹에서 재혼.

1728년 3월 14일, 제네바에서 도망침. 3월 21일, 안시에서 바랑 부인을 만나 그녀의 주선으로 3일 후 토리노로 떠남. 4월 12일, 토리노 수도원 보호시설에 들어감. 4월 21일, 가톨릭으로 개종. 여름에 토리노를 전전하다가 바질 부인을 만나고 이후 베르첼리스 부인 집에서 3개월 동안 하인 노릇을 함. 리본을 훔치고 하녀 마리옹에게 누명을 씌우고 떠남. 구봉 백작의 하인으로 들어가 그의 아들인 구봉 신부의 서기가 됨.

1729년 6월, 견습공 시절의 친구 바클과 함께 구봉 백작의 집을 떠나 안시로 돌아와 바랑 부인의 집에 머묾. 교회 성가대에서 악장 르메트르의 지도 아래 음악을 배움.

1730년 4월, 르메트르와 함께 리옹으로 출발. 리옹에서 돌아온 후 바랑 부인이 그사이 안시를 떠난 것을 알게 됨. 7월부터 보소르드 빌뇌브라는 가명으로 로잔과 뇌샤텔에서 음악을 가르치며 방랑함.

1731년 4월, 그리스정교의 수도원장을 자칭하는 사기꾼을 따라 프리부르와 베른으로 감. 5월, 스위스인 고다르 대령의 조카를 돌보기 위해 파리로 감. 9월, 샹베리에서 바랑 부인을 만나 그녀의 주선으로 10월 1일부터 사부아 왕국의 토지대장과에서 근무함.

1732년 6월, 토지대장과를 그만두고 음악에 전념. 희곡 『나르시스 혹은 자기 자신을 사랑한 남자*Narcisse ou l'Amant de lui-même*』 집필.

1734년 건강이 악화되자 니옹, 제네바, 리옹을 여행함.

1736년 바랑 부인과 함께 샤르메트에서 전원생활을 시작하며 공부에 몰두함.

1737년 6월, 화학 실험중 폭발로 눈을 크게 다침. 9월, 치료를 위해 몽펠리에로 떠남.

1738년 샤르메트로 돌아와 바랑 부인이 빈첸리드를 새 애인으로 삼은 것을 보고 공부에 전념.

1740년 4월, 리옹에 있는 마블리가家에 가정교사로 들어감.

1741년 5월, 가정교사를 그만두고 샹베리로 돌아옴.

1742년 7월, 새로운 악보 표기법을 출세의 밑천으로 삼아 바랑 부인과 헤어지고 파리로 감. 8월 22일, 파리의 과학아카데미에서 「새로운 악보 기호에 관한 제안*Projet concernant de nouveaux signes pour la musique*」을 낭독했으나 그다지 새롭거나 유용한 것으로 인정받지 못함. 디드로, 퐁트넬, 마블리 신부 등과 친분을 맺음.

1743년 1월, 『현대 음악론*Dissertation sur la musique moderne*』 간행. 6월, 베네치아 주재 프랑스 대사인 몽테귀 백작의 비서로 채용되어 7월 10일 파리를 떠나 9월 14일 베네치아에 도착.

1744년 8월 6일, 몽테귀 대사와 말다툼 끝에 사직. 10월, 파리 도착.

1745년 3월, 하숙집 세탁부 테레즈를 만남. 7월 9일, 오페라 『사랑의 뮤즈들*Les Muses galantes*』 완성. 9월, 〈사랑의 뮤즈들〉 초연.

1746년 뒤팽 부인과 프랑쾨유 밑에서 서기로 일함. 겨울에 첫아이가 태어났으나 고아원으로 보냄(그뒤 태어난 네 아이도 모두 고아원으로 보냄).

1748년 2월, 데피네 부인에게 훗날 두드토 부인이 될 벨가르드 양을 소개받음.

1749년 1월부터 3월에 걸쳐 디드로와 달랑베르의 권고로 『백과전서*Encyclopédie*』의 음악 항목을 집필하기 시작.

1750년 연초, 테레즈와 가정을 꾸림. 7월 9일, 『학문예술론*Discours sur les sciences et les arts*』이 디종아카데미 현상 논문으로 당선되어 12월 말 간행됨.

1751년 2~3월, 자기 개혁을 결심하고 악보 필경사로 생계를 유지하기 시작.

1752년 오페라 막간극 〈마을의 점쟁이*Le Devin du village*〉 작곡. 10월 18일, 국왕 앞에서 극을 상연해 성공을 거둠. 10월 19일, 연금을 하사하려는 왕을 알현하지 않고 퐁텐블로를 떠남. 이때부터 디드로와의 불화가 시작됨. 12월 18일, 코메디프랑세즈에서 루소가 예전에 쓴 희극 〈나르시스 혹은 자기 자신을 사랑한 남자〉가 상연되지만 흥행에 실패함.

1753년 11월, 『르 메르퀴르 드 프랑스』에 디종아카데미의 현상 논문

「인간들 사이의 불평등의 기원은 무엇인가, 그리고 그것은 자연법에 의해 허용되는가?*Quelle est l'origine de l'inégalité parmi les hommes, et si elle est autorisée par la loi naturelle?*」가 실림. 11월 말, 부퐁 논쟁의 와중에 프랑스 음악에 대해 부정적인 판단을 내리고 이탈리아 음악에 호의를 보인 『프랑스 음악에 대한 편지*Lettre sur la musique française*』 출간.

1754년 4월, 『인간 불평등 기원론*Discours sur l'origine de l'inégalité parmi les hommes*』 완성. 6월 1일, 테레즈, 친구 고프쿠르와 함께 제네바로 떠남. 여행중 샹베리에서 마지막으로 바랑 부인을 만남. 8월 1일, 제네바에서 다시 개신교회로 들어가고 제네바 시민권을 얻게 됨.

1755년 4월 24일, 공모전에서 낙선한 『인간 불평등 기원론』 출간. 9월, 데피네 부인의 소유인 라 슈브레트에 머묾. 루소가 쓴 「정치경제학*Economie politique*」 항목이 실린 『백과전서』 5권이 간행됨.

1756년 4월 9일, 테레즈와 그녀의 어머니를 데리고 데피네 부인이 제안한 레르미타주로 거처를 옮김. 8월 18일, 볼테르의 「자연법에 대하여*Sur la Loi naturelle*」와 「리스본 참사에 대하여*Sur le Désastre de Lisbonne*」에 대한 반박으로 「섭리에 대해 볼테르에게 보내는 편지*Lettre sur la Providence*」를 씀. 여름부터 가을에 걸쳐 『누벨 엘로이즈*La Nouvelle Héloïse*』의 인물들을 구상함.

1757년 1월 말, 두드토 부인이 레르미타주를 방문함. 2월, 디드로의 『사생아*Le Fils naturel*』에 나오는 "혼자 있는 사람은 악인밖에 없다"는 구절을 보고 디드로를 비난함. 봄부터 두드토 부인에게 연정을 품음. 8월, 데피네 부인과의 불화가 시작됨.

10월, 달랑베르가 쓴 제네바 항목이 실린 『백과전서』 7권이 간행됨. 12월 5일, 디드로가 루소를 방문하러 레르미타주에 옴. 12월 15일, 레르미타주에서 나와 몽모랑시의 몽루이로 거처를 옮김.

1758년 3월 2일, 디드로와 화해를 시도. 3월 9일, 달랑베르가 쓴 제네바 항목에 대한 반박문 「연극에 관하여 달랑베르에게 보내는 편지*Lettre à d'Alembert sur les spectacles*」를 완성. 5월 6일, 두드토 부인이 루소와의 절교를 선언. 6월 21일, 디드로와도 절교. 9월, 『누벨 엘로이즈』 완성.

1760년 『에밀*Émile*』과 『사회계약론*Du Contrat social*』 집필. 11월 22일, 출판업자 레가 『누벨 엘로이즈』의 초판을 보냄. 12월 20일, 런던에서 발매.

1761년 1월 말, 『누벨 엘로이즈』가 파리에서 큰 성공을 거둠. 6월 12일, 자신의 죽음이 멀지 않았다고 생각하고 테레즈를 뤽상부르 부인에게 맡기고, 뤽상부르 부인이 루소의 장남을 찾으려 했으나 찾지 못함. 8월 9일, 『사회계약론』 완성. 9월 말, 도서국장 말제르브에게 『언어기원론*Essai sur l'origine des langues*』을 맡김. 10월, 『에밀』이 인쇄되지만 루소는 『에밀』의 원고가 예수회 회원들의 손에 넘어갔다고 생각해 착란 상태에 빠짐. 12월 31일, 레가 루소에게 자서전을 쓸 것을 권고함.

1762년 1월, 자서전 저술의 의사를 밝히는 『말제르브에게 보내는 편지*Lettres à Malesherbes*』를 집필. 4월, 『사회계약론』 출간. 5월 27일, 『에밀』이 허가를 받고 발행되지만 6월 3일, 경찰이 『에밀』을 압수. 6월 7일, 소르본에 고발. 6월 9일, 고등법원에서 유죄 선고와 체포령이 내려짐. 6월 11일, 파리에서 『에밀』이 소각됨. 6월 14일, 스위스 베른의 이베르동에 도착. 6월 19일, 제네바에서도 루소에 대한 체포령이 내려짐. 『에밀』과

『사회계약론』이 소각됨. 7월 1일, 베른에서도 루소를 퇴거시키라는 명령이 떨어지자 9일 이베르동을 떠나, 10일 뇌샤텔의 프로이센 대공령인 모티에로 가고, 7월 20일 테레즈도 모티에로 옴. 7월 29일, 바랑 부인이 샹베리에서 사망. 8월 16일, 프리드리히 2세에게 모티에 체류를 허가받음. 8월 28일, 파리 대주교 크리스토프 드 보몽이 『에밀』을 단죄하는 교서를 내림. 9월 21일, 제네바의 목사 자콥 베른이 「사부아 보좌신부의 신앙고백*La Profession de foi du Vicaire savoyard*」을 철회할 것을 요구. 10월부터 파리 대주교 크리스토프 드 보몽에 대한 반박으로 『크리스토프 드 보몽에게 보내는 편지*Lettre à Christophe de Beaumont*』를 쓰기 시작함.

1763년 3월, 『크리스토프 드 보몽에게 보내는 편지』 출간. 4월 16일, 뇌샤텔 시민권을 얻음. 5월 12일, 제네바 시민권을 포기함. 9월, 제네바의 검찰총장 트롱생이 루소에 대한 유죄판결을 정당화하는 『전원으로부터의 편지*Lettres écrites de la campagne*』 출간.

1764년 3월 13일, 레에게 자신의 전집을 내달라고 부탁함. 7월부터 식물채집에 취미를 붙임. 8월 31일, 코르시카를 위한 정치 조직의 초안을 써달라는 편지를 받음. 12월, 『산으로부터의 편지*Lettres écrites de la montagne*』 출간. 12월 27일, 볼테르가 익명의 비방문 「시민들의 견해*Sentiment des citoyens*」를 써서 루소가 자식들을 버렸다는 사실을 세상에 알림.

1765년 1월, 『고백록*Les Confessions*』의 서문을 씀. 3월 19일, 『산으로부터의 편지』가 파리에서 소각됨. 7월 초, 비엘 호수의 생피에르 섬에서 십여 일을 지냄. 9월 6일 밤, 목사 몽몰랭의 선동으로 모티에 주민들이 루소의 집에 돌을 던지는 사건이 발생. 9월 11일, 생피에르 섬으로 피신. 10월 16일, 베른 소위원회로부터 퇴거 명령을 받음. 10월 22일, 루소를 영국으로 초청하는 데이비드 흄의 편지를 받음. 10월 29일, 베를린행. 11월 2일, 스트라스부르에 도착. 몇 주 뒤인 12월 16일 파리에 도착.

1766년 흄과 함께 파리를 떠나 1월 13일 런던에 도착. 2월 13일, 영국에서 테레즈를 만남. 3월 19일, 우튼행. 그곳에서 본격적으로 『고백록』을 집필함. 7월부터 흄과의 불화 시작.

1767년 3월 18일, 영국 국왕 조지 2세가 연금을 수여하기로 하자, 그것이 루이 15세의 연금을 거부했던 자신에 대한 음모라 생각해 5월 21일, 갑자기 프랑스로 돌아옴. 장 조제프 르누라는 가명을 쓰고 아미앵, 플뢰리수뫼동에 잠깐 머물다가 6월, 콩티 공의 보호 아래 트리에 정착. 11월 26일, 파리에서 『음악사전*Dictionnaire de musique*』 출간.

1768년 8월 30일, 테레즈와 정식 결혼.

1769년 1월 말, 『고백록』 제7권부터 제11권을 집필.

1770년 리옹을 거쳐 파리로 돌아와 가명을 버리고 플라트리에르 거리에서 테레즈와 함께 생활함. 악보 베끼는 일과 식물채집을 다시 시작. 10월, 폴란드의 개혁안을 써달라는 제의를 받음. 12월, 『고백록』 완성(루소 사후인 1782년에 1부, 1789년에 2부 출간).

1771년 2월, 스웨덴 왕태자 앞에서 『고백록』 낭독. 5월 4일부터 8일까지 데그몽 백작부인 집에서 『고백록』 2부 낭독. 5월 10일, 데피네 부인이 치안감독관에게 부탁해 낭독을 중지시킴. 7월, 베르나르댕 드 생피에르와 교류를 시작하고 『폴란드 통치에 대한 고찰*Considérations sur le gouvernement de Pologne*』 집필.

1772년 4월, 『폴란드 통치에 대한 고찰』의 집필을 마침. 『대화: 루소, 장자크를 심판하다*Dialogues: Rousseau juge de Jean-Jacques*』의 집필을 시작.

1774년 독일 음악가 글루크에게 악보 베끼는 일을 부탁받고 그의 오페라 공연에 참석하는 등 음악 활동 시작.

1775년 10월 31일, 1762년 완성한 오페라 『피그말리온』이 루소의 허가 없이 코메디프랑세즈에서 상연되어 대성공을 거둠.

1776년 2월, 『대화: 루소, 장자크를 심판하다』(사후 1782년 출간) 저술을 마치고, 24일 파리 노트르담 성당의 제단에 바치려 했으나 실패함. 4월, 거리에서 「아직도 정의와 진리를 사랑하는 모든 프랑스인들에게*A tout Français aimant encore la justice et la vérité*」라는 전단을 뿌림. 가을, 『고독한 산책자의 몽상*Les Rêveries du promeneur solitaire*』의 집필을 시작.

1778년 4월 12일, 『고독한 산책자의 몽상』의 「열번째 산책」을 씀(사후 1782년 출간). 5월 20일, 지라르댕 후작의 초청을 받아 에름농빌로 거처를 옮겨 지냄. 7월 2일 오전 11시, 뇌출혈로 사망. 7월 3일, 우동이 데스마스크를 뜨고 7월 4일 밤 11시, 에름농빌의 푀플리에 섬에 안장.

1794년 10월, 루소의 유해가 팡테옹으로 이장됨.

문학동네 세계문학전집 발간에 부쳐

세계문학은 국민문학 혹은 지역문학을 떠나 존재하는 문학이 아니지만 그것들의 총합도 아니다. 세계문학이라는 용어에는 그 나름의 언어와 전통을 갖고 있는 국민문학이나 지역문학의 존재를 인정하면서 그것을 넘어서는 문학의 보편적 질서에 대한 관념이 새겨져 있다. 그 용어를 처음 고안한 19세기 유럽인들은 유럽문학을 중심으로 그 질서를 구축했지만 풍부한 국민문학의 전통을 가지고 있는 현대의 문학 강국들은 나름의 방식으로 세계문학을 이해하면서 정전(正典)의 목록을 작성하고 또 수정한다.

한국에서도 세계문학 관념은 우리 사회와 문화의 변화 속에서 거듭 수정돼왔다. 어느 시기에는 제국 일본의 교양주의를 반영한 세계문학 관념이, 어느 시기에는 제3세계 민족주의에 동조한 세계문학 관념이 출현했고, 그러한 관념을 실천한 전집물이 출판됐다. 21세기 한국에 새로운 세계문학전집이 필요하다는 것은 명백하다. 우리의 지성과 감성의 기준에 부합하는 세계문학을 다시 구상할 때가 되었다.

문학동네 세계문학전집은 범세계적으로 통용되는 고전에 대한 상식을 존중하면서도 지난 반세기 동안 해외 주요 언어권에서 창작과 연구의 진전에 따라 일어난 정전의 변동을 고려하여 편성되었다. 그래서 불멸의 명작은 물론 동시대 세계의 중요한 정치·문화적 실천에 영감을 준 새로운 작품들을 두루 포함시켰다.

창립 이후 지금까지 한국문학 및 번역문학 출판에서 가장 전문적이고 생산적인 그룹을 대표해온 문학동네가 그간 축적한 문학 출판 경험을 바탕으로 새로운 세계문학전집을 펴낸다. 인류가 무지와 몽매의 어둠 속을 방황하면서도 끝내 길을 잃지 않은 것은 세계문학사의 하늘에 떠 있는 빛나는 별들이 길잡이가 되어주었기 때문이다. 우리가 자부심과 사명감 속에서 그리게 될 이 새로운 별자리가 독자들의 관심과 애정에 힘입어 우리 모두의 뿌듯한 자산이 되기를 소망한다.

문학동네 세계문학전집 편집위원

민은경, 박유하, 변현태, 송병선, 이재룡, 홍길표, 남진우, 황종연

세계문학전집 137
고독한 산책자의 몽상

1판 1쇄 2016년 3월 28일
1판 7쇄 2023년 4월 10일

지은이 장자크 루소 | 옮긴이 문경자

편집 최민유 전상희 신선영 황도옥 김경은 | 독자모니터 송영근 | 모니터링 이희연
디자인 김마리 이주영 | 저작권 박지영 형소진 오서영
마케팅 정민호 김도윤 한민아 이민경 안남영 김수현 왕지경 황승현 김혜원
브랜딩 함유지 함근아 박민재 김희숙 고보미 정승민
제작 강신은 김동욱 임현식 | 제작처 영신사

펴낸곳 (주)문학동네 | 펴낸이 김소영
출판등록 1993년 10월 22일 제2003-000045호
주소 10881 경기도 파주시 회동길 210
전자우편 editor@munhak.com | 대표전화 031) 955-8888 | 팩스 031) 955-8855
문의전화 031) 955-1927(마케팅), 031) 955-3560(편집)
문학동네카페 http://cafe.naver.com/mhdn
인스타그램 @munhakdongne | 트위터 @munhakdongne
북클럽문학동네 http://bookclubmunhak.com

ISBN 978-89-546-3663-6 04860
978-89-546-0901-2 (세트)

잘못된 책은 구입하신 서점에서 교환해드립니다.
기타 교환 문의 031) 955-2661, 3580

www.munhak.com

1, 2, 3 안나 카레니나 레프 톨스토이 | 박형규 옮김
4 판탈레온과 특별봉사대 마리오 바르가스 요사 | 송병선 옮김
5 황금 물고기 르 클레지오 | 최수철 옮김
6 템페스트 윌리엄 셰익스피어 | 이경식 옮김
7 위대한 개츠비 F. 스콧 피츠제럴드 | 김영하 옮김
8 아름다운 애너벨 리 싸늘하게 죽다 오에 겐자부로 | 박유하 옮김
9, 10 파우스트 요한 볼프강 폰 괴테 | 이인웅 옮김
11 가면의 고백 미시마 유키오 | 양윤옥 옮김
12 킴 러디어드 키플링 | 하창수 옮김
13 나귀 가죽 오노레 드 발자크 | 이철의 옮김
14 피아노 치는 여자 엘프리데 옐리네크 | 이병애 옮김
15 1984 조지 오웰 | 김기혁 옮김
16 벤야멘타 하인학교 - 야콥 폰 군텐 이야기 로베르트 발저 | 홍길표 옮김
17, 18 적과 흑 스탕달 | 이규식 옮김
19, 20 휴먼 스테인 필립 로스 | 박범수 옮김
21 체스 이야기·낯선 여인의 편지 슈테판 츠바이크 | 김연수 옮김
22 왼손잡이 니콜라이 레스코프 | 이상훈 옮김
23 소송 프란츠 카프카 | 권혁준 옮김
24 마크롤 가비에로의 모험 알바로 무티스 | 송병선 옮김
25 파계 시마자키 도손 | 노영희 옮김
26 내 생명 앗아가주오 앙헬레스 마스트레타 | 강성식 옮김
27 여명 시도니가브리엘 콜레트 | 송기정 옮김
28 한때 흑인이었던 남자의 자서전 제임스 웰든 존슨 | 천승걸 옮김
29 슬픈 짐승 모니카 마론 | 김미선 옮김
30 피로 물든 방 앤절라 카터 | 이귀우 옮김
31 숨그네 헤르타 뮐러 | 박경희 옮김
32 우리 시대의 영웅 미하일 레르몬토프 | 김연경 옮김
33, 34 실낙원 존 밀턴 | 조신권 옮김
35 복낙원 존 밀턴 | 조신권 옮김
36 포로기 오오카 쇼헤이 | 허호 옮김
37 동물농장·파리와 런던의 따라지 인생 조지 오웰 | 김기혁 옮김
38 루이 랑베르 오노레 드 발자크 | 송기정 옮김
39 코틀로반 안드레이 플라토노프 | 김철균 옮김
40 어두운 상점들의 거리 파트릭 모디아노 | 김화영 옮김
41 순교자 김은국 | 도정일 옮김
42 젊은 베르테르의 슬픔 요한 볼프강 폰 괴테 | 안장혁 옮김
43 더블린 사람들 제임스 조이스 | 진선주 옮김
44 설득 제인 오스틴 | 원영선, 전신화 옮김
45 인공호흡 리카르도 피글리아 | 엄지영 옮김
46 정글북 러디어드 키플링 | 손향숙 옮김
47 외로운 남자 외젠 이오네스코 | 이재룡 옮김
48 에피 브리스트 테오도어 폰타네 | 한미희 옮김
49 둔황 이노우에 야스시 | 임용택 옮김
50 미크로메가스·캉디드 혹은 낙관주의 볼테르 | 이병애 옮김
51, 52 염소의 축제 마리오 바르가스 요사 | 송병선 옮김
53 고야산 스님·초롱불 노래 이즈미 교카 | 임태균 옮김

54 다니엘서 E. L. 닥터로 | 정상준 옮김
55 이날을 위한 우산 빌헬름 게나치노 | 박교진 옮김
56 톰 소여의 모험 마크 트웨인 | 강미경 옮김
57 카사노바의 귀향·꿈의 노벨레 아르투어 슈니츨러 | 모명숙 옮김
58 바보들을 위한 학교 사샤 소콜로프 | 권정임 옮김
59 어느 어릿광대의 견해 하인리히 뵐 | 신동도 옮김
60 웃는 늑대 쓰시마 유코 | 김훈아 옮김
61 팔코너 존 치버 | 박영원 옮김
62 한눈팔기 나쓰메 소세키 | 조영석 옮김
63, 64 톰 아저씨의 오두막 해리엇 비처 스토 | 이종인 옮김
65 아버지와 아들 이반 투르게네프 | 이항재 옮김
66 베니스의 상인 윌리엄 셰익스피어 | 이경식 옮김
67 해부학자 페데리코 안다아시 | 조구호 옮김
68 긴 이별을 위한 짧은 편지 페터 한트케 | 안장혁 옮김
69 호텔 뒤락 애니타 브루크너 | 김정 옮김
70 잔해 쥘리앵 그린 | 김종우 옮김
71 절망 블라디미르 나보코프 | 최종술 옮김
72 더버빌가의 테스 토머스 하디 | 유명숙 옮김
73 감상소설 미하일 조셴코 | 백용식 옮김
74 빙하와 어둠의 공포 크리스토프 란스마이어 | 진일상 옮김
75 쓰가루·석별·옛날이야기 다자이 오사무 | 서재곤 옮김
76 이인 알베르 카뮈 | 이기언 옮김
77 달려라, 토끼 존 업다이크 | 정영목 옮김
78 몰락하는 자 토마스 베른하르트 | 박인원 옮김
79, 80 한밤의 아이들 살만 루슈디 | 김진준 옮김
81 죽은 군대의 장군 이스마일 카다레 | 이창실 옮김
82 페레이라가 주장하다 안토니오 타부키 | 이승수 옮김
83, 84 목로주점 에밀 졸라 | 박명숙 옮김
85 아베 일족 모리 오가이 | 권태민 옮김
86 폭풍의 언덕 에밀리 브론테 | 김정아 옮김
87, 88 늦여름 아달베르트 슈티프터 | 박종대 옮김
89 클레브 공작부인 라파예트 부인 | 류재화 옮김
90 P세대 빅토르 펠레빈 | 박혜경 옮김
91 노인과 바다 어니스트 헤밍웨이 | 이인규 옮김
92 물방울 메도루마 슌 | 유은경 옮김
93 도깨비불 피에르 드리외라로셸 | 이재룡 옮김
94 프랑켄슈타인 메리 셸리 | 김선형 옮김
95 래그타임 E. L. 닥터로 | 최용준 옮김
96 캔터빌의 유령 오스카 와일드 | 김미나 옮김
97 만(卍)·시게모토 소장의 어머니 다니자키 준이치로 | 김춘미, 이호철 옮김
98 맨해튼 트랜스퍼 존 더스패서스 | 박경희 옮김
99 단순한 열정 아니 에르노 | 최정수 옮김
100 열세 걸음 모옌 | 임홍빈 옮김
101 데미안 헤르만 헤세 | 안인희 옮김
102 수레바퀴 아래서 헤르만 헤세 | 한미희 옮김
103 소리와 분노 윌리엄 포크너 | 공진호 옮김

104 곰 윌리엄 포크너 | 민은영 옮김
105 롤리타 블라디미르 나보코프 | 김진준 옮김
106, 107 부활 레프 톨스토이 | 박형규 옮김
108, 109 모래그릇 마쓰모토 세이초 | 이병진 옮김
110 은둔자 막심 고리키 | 이강은 옮김
111 불타버린 지도 아베 고보 | 이영미 옮김
112 말라볼리아가의 사람들 조반니 베르가 | 김운찬 옮김
113 디어 라이프 앨리스 먼로 | 정연희 옮김
114 돈 카를로스 프리드리히 실러 | 안인희 옮김
115 인간 짐승 에밀 졸라 | 이철의 옮김
116 빌러비드 토니 모리슨 | 최인자 옮김
117, 118 미국의 목가 필립 로스 | 정영목 옮김
119 대성당 레이먼드 카버 | 김연수 옮김
120 나나 에밀 졸라 | 김치수 옮김
121, 122 제르미날 에밀 졸라 | 박명숙 옮김
123 현기증. 감정들 W. G. 제발트 | 배수아 옮김
124 강 동쪽의 기담 나가이 가후 | 정병호 옮김
125 붉은 밤의 도시들 윌리엄 버로스 | 박인찬 옮김
126 수고양이 무어의 인생관 E. T. A. 호프만 | 박은경 옮김
127 맘브루 R. H. 모레노 두란 | 송병선 옮김
128 익사 오에 겐자부로 | 박유하 옮김
129 땅의 혜택 크누트 함순 | 안미란 옮김
130 불안의 책 페르난두 페소아 | 오진영 옮김
131, 132 사랑과 어둠의 이야기 아모스 오즈 | 최창모 옮김
133 페스트 알베르 카뮈 | 유호식 옮김
134 다마세누 몬테이루의 잃어버린 머리 안토니오 타부키 | 이현경 옮김
135 작은 것들의 신 아룬다티 로이 | 박찬원 옮김
136 시스터 캐리 시어도어 드라이저 | 송은주 옮김
137 고독한 산책자의 몽상 장자크 루소 | 문경자 옮김
138 용의자의 야간열차 다와다 요코 | 이영미 옮김
139 세기아의 고백 알프레드 드 뮈세 | 김미성 옮김
140 햄릿 윌리엄 셰익스피어 | 이경식 옮김
141 카산드라 크리스타 볼프 | 한미희 옮김
142 이 글을 읽는 사람에게 영원한 저주를 마누엘 푸익 | 송병선 옮김
143 마음 나쓰메 소세키 | 유은경 옮김
144 바다 존 밴빌 | 정영목 옮김
145, 146, 147, 148 전쟁과 평화 레프 톨스토이 | 박형규 옮김
149 세 가지 이야기 귀스타브 플로베르 | 고봉만 옮김
150 제5도살장 커트 보니것 | 정영목 옮김
151 알렉시·은총의 일격 마르그리트 유르스나르 | 윤진 옮김
152 말라 온다 알베르토 푸겟 | 엄지영 옮김
153 아르세니예프의 인생 이반 부닌 | 이항재 옮김
154 오만과 편견 제인 오스틴 | 류경희 옮김
155 돈 에밀 졸라 | 유기환 옮김
156 젊은 예술가의 초상 제임스 조이스 | 진선주 옮김
157, 158, 159 카라마조프가의 형제들 표도르 도스토옙스키 | 김희숙 옮김

160 진 브로디 선생의 전성기 뮤리얼 스파크 | 서정은 옮김
161 13인당 이야기 오노레 드 발자크 | 송기정 옮김
162 하지 무라트 레프 톨스토이 | 박형규 옮김
163 희망 앙드레 말로 | 김웅권 옮김
164 임멘 호수·백마의 기사·프시케 테오도어 슈토름 | 배정희 옮김
165 밤은 부드러워라 F. 스콧 피츠제럴드 | 정영목 옮김
166 야간비행 앙투안 드 생텍쥐페리 | 용경식 옮김
167 나이트우드 주나 반스 | 이예원 옮김
168 소년들 앙리 드 몽테를랑 | 유정애 옮김
169, 170 독립기념일 리처드 포드 | 박영원 옮김
171, 172 닥터 지바고 보리스 파스테르나크 | 박형규 옮김
173 싯다르타 헤르만 헤세 | 권혁준 옮김
174 야만인을 기다리며 J. M. 쿳시 | 왕은철 옮김
175 철학편지 볼테르 | 이봉지 옮김
176 거지 소녀 앨리스 먼로 | 민은영 옮김
177 창백한 불꽃 블라디미르 나보코프 | 김윤하 옮김
178 슈틸러 막스 프리슈 | 김인순 옮김
179 시핑 뉴스 애니 프루 | 민승남 옮김
180 이 세상의 왕국 알레호 카르펜티에르 | 조구호 옮김
181 철의 시대 J. M. 쿳시 | 왕은철 옮김
182 카시지 조이스 캐럴 오츠 | 공경희 옮김
183, 184 모비 딕 허먼 멜빌 | 황유원 옮김
185 솔로몬의 노래 토니 모리슨 | 김선형 옮김
186 무기여 잘 있거라 어니스트 헤밍웨이 | 권진아 옮김
187 컬러 퍼플 앨리스 워커 | 고정아 옮김
188, 189 죄와 벌 표도르 도스토옙스키 | 이문영 옮김
190 사랑 광기 그리고 죽음의 이야기 오라시오 키로가 | 엄지영 옮김
191 빅 슬립 레이먼드 챈들러 | 김진준 옮김
192 시간은 밤 류드밀라 페트루솁스카야 | 김혜란 옮김
193 타타르인의 사막 디노 부차티 | 한리나 옮김
194 고양이와 쥐 귄터 그라스 | 박경희 옮김
195 펠리시아의 여정 윌리엄 트레버 | 박찬원 옮김
196 마이클 K의 삶과 시대 J. M. 쿳시 | 왕은철 옮김
197, 198 오스카와 루신다 피터 케리 | 김시현 옮김
199 패싱 넬라 라슨 | 박경희 옮김
200 마담 보바리 귀스타브 플로베르 | 김남주 옮김
201 패주 에밀 졸라 | 유기환 옮김
202 도시와 개들 마리오 바르가스 요사 | 송병선 옮김
203 루시 저메이카 킨케이드 | 정소영 옮김
204 대지 에밀 졸라 | 조성애 옮김
205, 206 백치 표도르 도스토옙스키 | 김희숙 옮김
207 백야 표도르 도스토옙스키 | 박은정 옮김
208 순수의 시대 이디스 워턴 | 손영미 옮김
209 단순한 이야기 엘리자베스 인치볼드 | 이혜수 옮김
210 바닷가에서 압둘라자크 구르나 | 황유원 옮김
211 낙원 압둘라자크 구르나 | 왕은철 옮김

212 **피라미드** 이스마일 카다레 | 이창실 옮김
213 **애니 존** 저메이카 킨케이드 | 정소영 옮김
214 **지고 말 것을** 가와바타 야스나리 | 박혜성 옮김
215 **부서진 사월** 이스마일 카다레 | 유정희 옮김
216 **사람은 무엇으로 사는가** 레프 톨스토이 | 이항재 옮김
217, 218 **악마의 시** 살만 루슈디 | 김진준 옮김
219 **오늘을 잡아라** 솔 벨로 | 김진준 옮김
220 **배반** 압둘라자크 구르나 | 황가한 옮김
221 **어두운 밤 나는 적막한 집을 나섰다** 페터 한트케 | 윤시향 옮김
222 **무어의 마지막 한숨** 살만 루슈디 | 김진준 옮김
223 **속죄** 이언 매큐언 | 한정아 옮김
224 **암스테르담** 이언 매큐언 | 박경희 옮김
225, 226, 227 **특성 없는 남자** 로베르트 무질 | 박종대 옮김
228 **앨프리드와 에밀리** 도리스 레싱 | 민은영 옮김

● 문학동네 세계문학전집은 계속 출간됩니다